DREAMBOOKS

무적군주 로이스

ORIGINAL FANTASY STORY & ADVENTURE

오렌 판타지 장편소설

★
dream
books
드림북스

무적군주 로이스 7

초판 1쇄 인쇄 2018년 9월 6일
초판 1쇄 발행 2018년 9월 17일

지은이 오렌
발행인 오영배
기획 박성인
책임편집 이예찬
디자인 권지연
일러스트 문필재
제작 조하늬

펴낸곳 (주)삼양출판사 · 드림북스
주소 서울시 강북구 도봉로 173
대표 전화 02-980-2112 **팩스** 02-983-0660
편집부 전화 02-980-2116 **팩스** 02-983-8201
블로그 blog.naver.com/dreambookss
출판등록 1999년 3월 11일 제9-00046호

ⓒ 오렌, 2018

ISBN 979-11-283-9397-6 (04810) / 979-11-283-9390-7 (세트)

드림북스는 (주)삼양출판사의 판타지 · 무협 문학 브랜드입니다.

무적군주 로이스

7

오렌 판타지 장편소설

ORIGINAL FANTASY STORY & ADVENTURE

dream
books
드림북스

Contents

Chapter 1 수호룡 이네르타   007

Chapter 2 물결 밖으로   033

Chapter 3 용자의 서약   057

Chapter 4 수련 지도 전술   081

Chapter 5 그롤족의 열두 장로   105

Chapter 6 붉은 선과 초록 선   129

Chapter 7 빛나는 베카와 가디의 날개   155

Chapter 8 대장군 소바로   181

Chapter 9 언데드 용자   205

Chapter 10 미흐의 의지   231

Chapter 11 마궁의 지배자   257

Chapter 12 초마력대공간진   285

Chapter 1
수호룡 이네르타

"쿠오오오오오오오!"

일곱 개의 뿔을 가진 거대 도마뱀 괴수!

마치 산이 물속에서 움직이는 것 같았다.

보는 것만으로도 끔찍한데 그것이 포효까지 지르니 그 공포는 상상을 초월했다.

"으으! 피해라!"

"수호룡이 노하셨다!"

"모두 돌아가라! 뒤를 돌아보지 마라!"

멀리서 쫓아오던 인어국의 머맨들과 머메이드들이 기겁을 하며 그대로 달아나 버렸다.

그러나 소형 마전함에 타고 있는 아이리스 등은 물러날
수 없었다.

어떻게든 저 괴수를 뚫고 인어국을 떠나 샤론 대륙으로
가야 하기 때문이다.

'대체 저것의 정체는 무엇일까?'

샤론 대륙에서도 보지 못했던 엄청난 크기의 괴수를 이
곳 인어국의 세계에서 보게 될 줄이야.

물론 샤론 대륙의 어딘가에는 이보다 더 거대한 괴수들
도 수두룩하겠지만, 아직까지 직접 보지는 못했기에 아이
리스 등의 놀라움은 이루 말할 수가 없었다.

그때 칼리스가 씁쓸한 표정으로 말했다.

"내가 뭐라 했나? 내가 샤론 대륙으로 가는 건 불가능하
다고 말한 것이 바로 저 수호룡 때문이야."

"수호룡이라고요?"

"그렇다. 인어국의 전설로 내려오는 수호룡 이네르타
다."

"수호룡 이네르타?"

"어떤 이유인지 모르지만 내가 저 보랏빛 물결을 지나려
하면 반드시 저 이네르타가 나타나 나를 막았다. 나 말고
다른 이들이 지날 때는 잠잠하지만 말이야. 어쨌든 염려 마
라. 이대로 돌아가면 우릴 공격하지 않으니까."

그것은 사실이었다. 거대 수호룡 이네르타는 분노가 가득한 눈빛으로 소형 마전함을 쏘아보기만 할 뿐 공격하지는 않았다.

"이해가 되지 않는군요. 왜 저 수호룡은 당신이 샤론 대륙으로 가지 못하게 막는 것이죠?"

"그건 나도 모른다. 대신들은 내가 그곳으로 가는 순간 즉시 저주를 받아 죽게 될 것이라 했다. 또한 인어국도 저주를 받아 망할 것이라고 했지."

"수많은 머맨과 머메이드들이 석상으로 변해 버린 것도 바로 수호룡 때문인가요?"

그러자 칼리스의 눈빛이 슬픔으로 물들었다.

"그건 대신들의 뜻이다. 죄를 지은 자는 석화로 징벌하지 않으면 인어국이 망한다는 이유다."

"대체 그 많은 이들이 무슨 죄를 지었다는 것이죠?"

"특별한 죄를 지은 건 없다. 샤론 대륙으로 식량을 구하러 간 이들이 그 대상이었으니까."

"인어국의 식량이 부족해 어쩔 수 없이 그곳까지 내보냈다 하지 않았나요?"

"그렇다. 하지만 샤론 대륙에 있는 부정한 기운을 끌고와 인어국을 망하게 한다는 이유로 일정 기간 샤론 대륙에서 식량을 구해 온 이들은 때가 되면 모두 석화의 징벌을 받아야 했다. 모두들 인어국을 위해 그 징벌을 당연히 받아 들였다."

"말도 안 되는 소리군요. 당신도 정말 그렇게 생각하고 있나요? 샤론 대륙에 다녀오면 부정한 기운이 들어온다고?"

칼리스는 고개를 흔들었다.

"난 한 번도 그리 생각한 적 없다. 난 석화의 징벌을 반대했지."

"그런데 왜 대신들이 당신의 뜻을 따르지 않는 것인가요?"

칼리스는 잠시 침묵하며 아이리스를 바라봤다. 그는 뭔가 혼란스러워하는 표정이었다.

"내가 왜 이 모든 사실을 그대에게 말하고 있는지 모르겠군. 그대는 날 강제로 붙잡아 끌고 가는 인어국의 적인데 말이야."

순간 아이리스가 미소 지었다.

"우린 당신의 적이 아니에요. 오히려 당신을 샤론 대륙으로 이끌어 줄 친구죠."

"친구?"

"그러니 말해 봐요. 대신들이 왜 당신의 뜻을 따르지 않는 건지."

상대가 가진 경계의 장벽을 허물고 쉽게 마음을 열게 만드는 그녀의 화술. 그것은 황녀 시절에도 유명했던 그녀의 특기였다.

　로이스의 부하가 된 이후 전략뿐 아니라 전반적인 능력의 성장도 이루어지며 그 같은 특기 역시 더욱 강력한 위력을 발휘하게 되었다.

　그래서 칼리스는 자신도 모르게 아이리스에게 자신의 사정을 털어놓았던 것이다. 선왕의 타계 이후 그가 누군가에게 자신의 진심을 말한 것은 처음이었다.

　"모두 다 내가 못난 탓이다. 난 태생적으로 마나를 거의 쓰지 못한다. 고대부터 인어국의 국왕은 가장 강한 전사였지만, 나는 신체의 한계로 인해 평범한 머맨 병사들보다도 약하지. 따라서 대신들은 날 형식적으로만 떠받들 뿐 아무도 진정한 왕으로 여기지 않고 있다."

　그러자 아이리스가 고개를 흔들었다.

　"당신은 장차 인어족 최강의 전사가 될 거예요. 또한 당신으로 인해 인어국은 그 어떤 때도 없던 부흥의 대전성기를 맞게 될 거고요. 그럴 운명을 타고 났으니까요."

　"어떻게 그걸 확신하는가?"

　"난 미스토스 상급 기사이신 로이스 님의 부하예요."

　"미스토스 상급 기사 로이스?"

"장차 미스토스 군주가 되실 분이시죠. 난 그분의 뜻을 따라 당신을 샤론 대륙의 용자가 되도록 도와주기 위해 찾아왔어요."

"샤론 대륙의 용자?"

칼리스의 두 눈이 커졌다.

'용자라고?'

언젠가 선왕 카타리나에게 들어 본 적 있는 단어였다. 기필코 샤론 대륙으로 나가 용자가 되어야 한다고.

그 어떤 방해를 받는다 해도 반드시!

그러나 이미 불가능하다 여겨 포기했다. 사실상 기억에서도 지워 버렸을 정도였다. 오래전 철모를 때 가졌던 막연한 꿈처럼 말이다.

칼리스는 고개를 흔들었다.

"큭! 용자라. 그런 허무맹랑한 존재가 정말로 있기는 있는 것인가? 설령 있다 해도 나와는 관계없을 것이다."

"당연히 있죠. 로드는 이미 다른 한 명의 용자를 샤론 대륙의 어엿한 수호자로 거듭나게 해 주셨어요. 그리고 또 다른 용자를 찾고 있죠. 난 당신이 바로 그 용자라 확신해요."

그 말을 들은 칼리스는 크게 놀란 표정을 지었다.

"대체 당신의 로드는 누구인가? 난 절대 용자가 될 수 없겠지만 그런 대단한 존재는 한번 보고 싶구나."

"그분을 곧 보시게 될 거예요. 다만……."

아이리스는 돌연 정색을 하며 말을 이었다.

"그분을 만나면 조금 조심하시는 게 좋아요. 성격이 좀 불같은 분이라 나처럼 말로 차근차근 설명해 주시지 않을 테니까요."

아이리스가 볼 때 칼리스처럼 비관적인 성격을 가진 용자라면 로이스는 상당히 못마땅하게 여길 가능성이 높았다.

물론 지금까지의 사정을 들어 보면 칼리스가 이렇게 된 것은 이해가 가는 일이었다. 마나 한 줌 제대로 사용하지 못하는 유약한 몸으로 대신들에게 휘둘리기만 하며 살아왔기 때문이다.

왕으로서의 대접도 받지 못하는 천덕꾸러기!

무엇보다 용자로서의 운명을 찾지 못하게 막는 수호룡 이네르타의 존재는 그를 더욱 절망에 빠뜨리고 말았을 것이다.

그러나 그렇다 해도 그가 용자의 운명을 타고났다면 절대 포기하지 말고 어떻게든 그 길을 가려고 노력했어야 했다.

그 같은 각오는 용자뿐 아니라 황제나 왕과 같은 군주의 길을 가는 이들이라면 누구든 당연히 가져야 한다.

자기 연민에 빠져 있는 이가 어찌 수많은 이들의 운명을 좌우하며 그들을 사악한 세력의 공격에서 지킬 수 있겠는가.

어둠 속에서도 희망을 잃지 않고, 빛이 없으면 빛을 만들어서라도 앞으로 나가야 하는 존재!

그가 바로 군주인 것이다.

하물며 왕이나 황제도 그러할진대 그들보다 더 고귀한 존재인 용자라면 더욱 그래야 할 것이다.

그러나 칼리스는 스스로 포기하고 체념해 남들의 말에 휘둘리며 살아왔으니 용자는커녕 머맨 왕으로서의 역할도 제대로 하지 못하는 것이 당연했다.

'큰일이야. 저대로면 로드께서 저자를 포기하실지도 몰라.'

아이리스 역시 칼리스의 모습이 무척 한심하게 느껴졌다. 그가 용자의 운명을 타고났다는 것을 직감하지 않았다면 아이리스는 그를 거들떠보지도 않았을 것이다.

"이제 우린 저 수호룡을 어떻게든 따돌리고 샤론 대륙으로 진입해야 해요."

그러자 칼리스는 기겁하며 고개를 흔들었다.

"그대들이나 가라. 나는 가지 않겠다. 저 수호룡은 나를 분명 잡아먹고 말 것이다."

순간 옆에서 듣고 있던 스텔라가 더 이상은 참기 힘든지 인상을 험악하게 구겼다.

"착각하지 마시지. 너는 지금 인질이거든. 마마께서 좋게 대해 주시니까 네가 정말 대단한 왕이라도 된다 생각하는 거냐?"

"무, 무엄하다. 그대는 어찌 그 같은 망발을 하는 것인가?"

칼리스가 노여워하는 표정으로 스텔라를 노려봤다. 그러자 스텔라의 두 눈에서 차가운 안광이 뿜어져 나왔다. 그 눈빛은 마치 어둠의 사신처럼 섬뜩하기 이를 데 없었다.

"허억!"

칼리스의 얼굴이 창백해졌다. 그는 얼마나 놀랐는지 눈물까지 흘리고 말았다. 그러나 스텔라는 그를 조금도 동정하지 않았다.

"기억해 둬. 만약 로드께서 널 포기하면 그때 내가 가장 먼저 너의 목을 잘라 버릴 테니까."

스텔라는 나약한 성품을 누구보다 싫어한다. 이는 그녀가 죽음의 어새신이 되기까지 극도로 험한 삶을 살아왔기 때문이었다.

로이스처럼 불굴의 의지를 가진 강인한 성격까지는 아닐

지라도 최소한 겁쟁이는 되지 말아야 한다. 적어도 용자라면 말이다.

"크윽! 난 죽고 싶지 않아. 제발 날 왕궁으로 돌려보내 줘!"

그런데 그때 칼리스는 더 슬프게 눈물을 흘리기 시작했다. 그야말로 처량해 보일 정도였다. 그 모습을 본 아이리스 역시 속이 터져 죽을 지경이었다.

'정말 한심해.'

객관적으로 볼 때 칼리스는 모든 면에서 자격 미달이었다. 오죽하면 통찰의 눈이 알려 준 직감이 틀렸으면 하는 바람이었다. 칼리스가 용자의 운명을 타고났다는 그 직감 말이다.

그러나 일단 그녀는 최선을 다해 보기로 했다.

"스텔라, 더 이상 무례를 범하지 말아요."

"네, 마마."

스텔라가 고개를 끄덕였다. 아이리스는 루니우스를 바라봤다.

"부탁해요, 루니우스!"

그러자 루니우스는 빙긋 웃었다.

"저놈은 제게 맡겨 주시고 먼저 떠나세요. 저는 곧 뒤따라가겠어요."

곧바로 루니우스는 소형 마전함을 벗어나 수호룡 이네르
타를 향해 접근했다.

상대가 상대이니만큼 아공간 가방에서 방패까지 꺼내 착
용했다.

왼손에 방패, 오른손엔 롱소드를 쥔 그녀의 눈빛은 필생
의 적수라도 만난 듯 비장해 보였다.

'만만치 않은 놈이야. 최대한 시간을 벌어야 해.'

그녀는 어떻게든 아이리스와 칼리스가 탄 소형 마전함이
샤론 대륙으로 진입할 수 있도록 수호룡 이네르타를 붙잡
아 둘 생각이었다.

스읏.

그때 그녀의 옆으로 스텔라가 다가와 말했다.

"나 또한 거들겠다. 당신이 아무리 강해도 혼자서 저놈
을 당해 내진 못해."

루니우스는 살짝 미소 지었다.

"스텔라, 그대와 함께라면 좀 더 승산이 있겠지. 난 정면
으로 공격할 테니 놈의 배후를 노려 줘."

"좋아."

스텔라는 빠른 속도로 헤엄쳐 수호룡 이네르타의 뒤쪽으
로 이동했다.

그러자 이네르타는 가소롭다는 듯 크게 입을 벌렸다.

"쿠오오오오오오!"

아까와 달리 포효는 가공스러운 충격파를 뿜어냈고, 마치 드래곤의 브레스처럼 엄청난 기세로 루니우스와 스텔라를 덮쳤다.

콰콰콰콰콰—

충격파는 무수한 수창(水槍)의 형태로 날아들었다. 수창들에 적중된 거대한 암석들이 산산조각 나 부서졌다. 순식간에 인근 수중 지역이 초토화되어 버렸다.

콰콰쾅! 콰콰콰쾅!

다행히 소형 마전함은 그사이 멀리 피해 무사했다. 또한 루니우스 역시 방패로 수창들을 모두 받아 내 멀쩡했다. 그러나 스텔라는 수창들의 공세에 엄청난 타격을 받고 말았다.

"으윽!"

이는 그녀의 속도가 대폭 줄어들었기 때문이었다. 지상에서라면 이보다 더 빠른 공격이 무더기로 날아와도 그녀의 그림자 하나 스치지 못하겠지만, 물속에서는 얘기가 달랐다.

"치잇! 이렇게 허무하게⋯⋯."

스텔라는 망연자실한 표정을 지으며 자신의 가슴을 바라봤다.

가슴과 복부 등이 피범벅이 되어 있었다. 입에서도 피가 새 나왔다. 이대로라면 출혈 과다로 죽고 말 것이다.

츠으으읏! 화아아아악!

그때 그녀의 몸을 신비한 백색의 광채가 뒤덮었다.

그러다 그 광채가 흩어진 순간 그녀 또한 흔적도 없이 사라졌다.

'저런!'

'스텔라가 당했어.'

아이리스와 루니우스가 탄식했다.

그녀들은 방금 전의 광채가 무엇인지 짐작하고 있었다.

아마도 수호 요정 릴리아나가 미스토스의 힘으로 스텔라를 소환하면서 일어난 광채일 것이다.

즉, 스텔라는 죽기 직전 릴리아나의 꽃밭으로 소환된 것이었다.

그녀는 그대로 부활해 그곳에서 휴식을 취하게 될 것이다.

죽지 않아 다행이었지만 이렇게 순식간에 한 명의 동료가 소환되어 버릴 줄이야.

루니우스의 눈빛이 차갑게 가라앉았다.

'스텔라가 맥없이 당하다니!'

제대로 공격도 해 보지 못하고 단 일격에 당했다. 그만큼 수호룡 이네르타의 브레스 공격은 상상을 초월한 위력을 갖고 있었다.

'방어만 하다간 나도 당하고 말 거야. 놈을 공격해야 해.'

루니우스의 눈빛이 번뜩이는 순간 그녀의 검에서 태양처럼 강렬한 광채가 일어났다.

번쩍!

거대한 빛줄기가 이네르타의 몸체를 한 대 후려치는 듯한 환영이 일었다.

좌악—!

수중 공간이 빛의 선을 중심으로 갈라졌다. 그 선에 위치해 있는 모든 것들이 갈라졌다.

수호룡 이네르타의 몸체도 빛의 선을 따라 엇갈리며 두 쪽이 난 것처럼 보였다.

그러나 그것은 순간적으로 수중 공간이 갈라지며 보인 착시 현상이었을 뿐, 실제 수호룡 이네르타는 꿈쩍도 하지 않았다.

"쿠오오오오오!"

이네르타는 분노의 포효를 날리며 루니우스를 앞발로 후려쳤다. 물속이지만 아무런 저항도 받지 않는 듯 가공스러운 속도였다.

콰아앙!

루니우스가 방패와 함께 까마득히 멀리 밀려났다.

"으으윽!"

방패로 막았지만 그녀의 상태는 심각했다. 일단 방패는 완전히 찌그러져 박살이 나 버렸고 그녀의 전신은 충격파에 의해 곳곳이 터져 나갔다.

피투성이가 된 채로 끊임없이 뒤로 밀려 나가던 그녀의 몸은 이내 하얀 광채에 휩싸였고, 이내 흔적도 없이 사라져 버렸다.

"아, 루니우스마저!"

아이리스는 탄식했다. 루니우스가 이네르타를 공격하는 사이 그녀는 소형 마전함을 전속력으로 항진시키고 있었다. 그러다 수호룡의 포효가 들리자 뒤를 돌아봤는데 루니우스가 맥없이 소환되는 믿기지 않는 장면을 목격하고 만 것이었다.

'제발!'

보랏빛 물결이 멀지 않은 곳에 보였다. 저곳만 지나면 샤론 대륙이었다.

과연 저곳을 통과한다고 뭐가 달라질 것인가?

그래 봤자 수호룡 이네르타가 쫓아오면 죽음을 피하기는 어려울 것이다.

아이리스야 어차피 릴리아나의 꽃밭으로 소환되겠지만, 머맨 왕 칼리스는 그대로 죽고 말 것이다.

'조금만 더!'

그래도 아이리스는 샤론 대륙으로만 이동하면 뭔가 희망이 생길 것이란 직감을 믿고 있었다. 그러다 보니 어떻게든 칼리스를 샤론 대륙으로 꼭 데리고 가야 한다는 일종의 사명감을 가진 터였다.

"쿠우우우!"

그러나 그 순간 소형 마전함 앞을 수호룡 이네르타가 가로막았다.

저 뒤쪽에 있었는데 언제 앞으로 이동해 온 것일까?

스윽.

게다가 수호룡은 앞발 하나를 불쑥 뻗어 소형 마전함을 움켜쥐었다.

'이런!'

소형 마전함은 아이리스가 무슨 수를 써도 꿈쩍도 하지 않았다.

'끝장이야.'

아이리스는 탄식했다. 두 동료의 희생을 무릅써 가며 칼리스를 샤론 대륙으로 탈출시키려던 계획이 수포로 돌아간 것이다.

그만큼 수호룡 이네르타의 능력은 그녀의 상식을 초월했다.

"큭! 내가 뭐라고 했는가? 수호룡을 따돌릴 방법은 없다. 우린 이제 죽을 것이다."

방금 전까지 슬프게 울던 칼리스는 루니우스와 스텔라가 죽임을 당하는 장면을 보자 더욱 체념한 듯했다.

더구나 소형 마전함보다 더 큰 두 개의 홍채가 이글거리며 분노의 빛을 뿜어내고 있었으니! 물론 그것들은 수호룡 이네르타의 두 눈이었다. 여기서 이네르타가 앞발에 조금만 힘을 주면 소형 마전함은 찌그러져 박살이 나고 말 것이다.

시종 침착하던 아이리스 역시 이 상황이 되자 별수가 없었다.

'로드! 면목이 없군요.'

그녀는 이대로 릴리아나의 꽃밭으로 소환될 것이란 생각에 눈을 감았다.

그런데 그때.

소형 마전함을 잡은 채 그 안을 노려보고 있던 이네르타가 무엇 때문인지 움찔 놀라더니 고개를 돌려 뒤를 봤다.

그곳엔 보랏빛 물결을 뚫고 뭔가가 모습을 드러내고 있었다.

*   *   *

다름 아닌 마전함이었다. 그리고 그곳에서 로이스가 나

와 마치 돌진하듯 이네르타를 향해 빠르게 다가왔다.

'로드가 어찌 이곳에?'

아이리스는 로이스가 보이자 깜짝 놀라면서도 반가웠다.

어찌 보면 허무맹랑한 직감인지 모른다.

그러나 그녀는 로이스가 나타난 이상 저 가공스러운 신화 속의 괴수 같은 수호룡 이네르타도 별수 없을 것 같다는 생각이 들었던 것이다.

아니나 다를까.

로이스는 상대가 상대이니 만큼 무기를 들지 않고 다가왔고 이네르타의 머리를 주먹으로 사정없이 후려쳤다.

퍼억—!

그 순간 이네르타의 거대한 머리가 살짝 돌아갔다.

"쿠우우욱!"

동시에 이네르타의 입에서 신음이 터져 나왔다.

그것은 그야말로 기괴하기 짝이 없는 광경이었다.

저 산같이 거대한 덩치가 로이스의 주먹 한 방에 고통스러워 할 줄이야.

"쿠오오오오오오!"

그러나 이네르타도 만만치 않았다. 쥐고 있던 소형 마전함을 슥 밀어낸 후 로이스를 앞발로 내리쳤다.

콰아아앙!

그 속도가 어찌나 빠른지 누구도 그 움직임을 보지 못했다. 수중 세계의 지면이 지진이라도 난 듯 움푹 갈라져 버리는 장면을 보고서야 이네르타가 그곳을 내리쳤다는 사실을 알았을 뿐이다.

쾅! 콰왕! 쾅쾅쾅!

이네르타는 계속해서 지면을 마구 내리쳤다. 곳곳의 땅이 갈라지며 올라온 흙먼지로 인해 인근의 수중 세계는 모두 흙탕물로 변해 버렸다.

퍼어억!

"꾸우우욱!"

그때 다시 거대한 뭔가가 깨지는 듯한 소리와 함께 이네르타의 신음이 울려 퍼졌다.

흙탕물로 인해 시야에는 보이지 않지만 로이스가 다시 이네르타의 머리를 후려친 것이 분명했다.

"쿠오오오오오오!"

콰쾅! 쿠르르! 쾅쾅!

퍼퍽! 퍽퍽퍽!

"꾸우욱! 꾸아아악! 꾸어어억!"

물론 아이리스는 주시자의 눈을 통해 상황이 어찌 되는지 모두 파악했다.

콰아앙! 쿠쿠쿠쿵! 쿠콰콰콰쾅!

퍼어어억! 푸확! 쩌저저적! 우드드득!

마치 천지가 개벽하는 듯 대난동이 벌어지고 있지만, 전투는 일방적이었다. 로이스에게 이네르타가 미친 듯이 얻어맞고 있는 상황인 것이다.

"꾸우우우우……!"

이것은 수호룡 이네르타의 포효가 아닌 비명 소리였다.

급기야 이네르타는 질린 듯한 표정으로 도주하기 시작했다.

"어딜 도망가? 넌 오늘 내 손에 죽는다."

로이스가 이네르타를 뒤따르며 쉬지 않고 주먹을 휘둘렀다.

퍼어억! 퍼어억!

백색의 신비한 오러에 휩싸인 그의 주먹이 한 번씩 번쩍일 때마다 이네르타의 거대한 동체가 벼락이라도 맞은 듯 세차게 흔들렸다.

"꽤나 버티는군. 어디 얼마나 가는지 볼까?"

로이스 역시 전신이 만신창이가 된 상태였다. 이네르타가 만들어 낸 충격파와 수창 공격이 그의 전신을 난도질해 버렸기 때문이다.

그러나 항상 그렇듯 그렇게 처참한 상황에서도 치명상은 당하지 않았다. 오히려 로이스의 두 눈은 투지에 불타고 있었다.

오랜만에 전력을 다할 상대를 만났기 때문이다.

사정 봐주지 않고 전력을 다해 주먹을 날려도 쓰러지지 않는 녀석이 있다는 것이 로이스를 흥분케 했다.

퍼어어억!

그의 주먹이 다시 이네르타의 등을 가격했다.

"꾸우우우우!"

이네르타는 고통스러운지 몸부림을 치더니 이내 로이스를 향해 거대한 꼬리를 휘둘렀다. 뜻밖의 반격이었지만 로이스는 가볍게 피한 후 대뜸 주먹으로 꼬리를 후려쳤다.

퍼어억!

"꾸우우우욱!"

이네르타가 미친 듯이 몸부림치며 도주했다. 그런데 그 방향은 다름 아닌 보랏빛 물결이 있는 쪽이었다.

"샤론 대륙으로 도주하는 거냐? 그런다고 달라질 게 있을까?"

로이스는 가소롭다는 듯 이네르타를 계속 뒤쫓았다.

촤아아아—

이네르타가 먼저 보랏빛 물결을 통과했고, 그에 이어 로이스도 그곳을 통과했다.

평범한 세계와 이상한 세계의 경계!

유한한 세계와 무한한 세계의 경계!

바로 그 보랏빛 영역을 통과하는 순간 기괴한 일이 벌어졌으니.

'어라?'

로이스는 깜짝 놀랐다. 물론 아득한 공간을 이동해 온 것 같은 느낌이야 몇 번 경험해 본 터라 그리 놀랄 만한 것은 아니었다.

그런데 황당하게도 거대했던 수호룡 이네르타의 체구가 점점 작아지고 있었던 것이다.

스스스스.

산처럼 거대하던 것이 마전함 정도로 작아졌고, 그것이 다시 소형 마전함만큼 작아지더니 급기야 로이스보다도 작아졌다.

그러다 대충 로이스 키의 반 정도 되는 크기에서 멈췄다.

스스스스.

하지만 놀라운 일은 거기서 다가 아니었다.

도마뱀 형상이던 이네르타의 모습이 황금빛 긴 머리카락을 가진 소녀 머메이드의 모습으로 변했던 것이다.

"뭐냐, 이건?"

로이스는 잠시 어리둥절한 표정을 지었다.

그사이 군주의 목걸이가 로이스의 상태를 표시해 주었다.

[미스토스의 은총이 당신의 노력에 대한 보상을 줍니다.]

[레벨이 올랐습니다.]

[레벨이 올랐습니다.]

[레벨이 올랐습니다.]

[레벨이 올랐습니다.]

[레벨이 올랐습니다.]

[당신의 레벨이 상급 8이 되었습니다.]

[당신의 전투력이 대폭 상승합니다.]

[당신의 최대 맷집과 최대 미흐가 대폭 상승합니다.]

어떻게 된 일인지 레벨이 무려 5단계나 상승했다.

이네르타는 죽지 않고 작은 소녀 머메이드의 모습으로 변해 살아 있긴 했지만, 전투 불능 상태가 되었으므로 로이스가 승리한 것으로 간주해 미스토스의 보상이 주어진 것이다.

하지만 아무리 그대로 5단계나 상승하다니.

그것도 상급 레벨에서 말이다.

'하긴 그만큼 강한 녀석이긴 했어.'

매브왕들 따위는 수백 마리가 몰려와도 수호룡 이네르타

의 적수가 될 수 없었을 테니까.

덕분에 로이스는 아까보다 자신의 전투력이 비할 수 없이 상승했음을 몸으로 느꼈다.

지금 상태로 다시 수호룡 이네르타와 전투를 벌인다면 아까보다 훨씬 수월하게 이길 수 있을 것 같달까?

하긴 상급 레벨에서는 1단계만 상승해도 엄청나게 강해진 것을 체감하는데, 무려 5단계나 올랐으니 이는 당연한 일이었다.

[당신의 수중 전투 전술이 28단계가 되었습니다.]
[당신의 맨손 격투 전술이 상급 24단계가 되었습니다.]
[당신의 맨티스거의 투지(전설)가 상급 22단계가 되었습니다.]

뿐만 아니라 수중 전투 전술이 대폭 올랐다.

게다가 웬만해서는 오를 생각도 하지 않는 맨손 격투 관련 전술들의 단계도 하나씩 상승했다.

그만큼 수호룡 이네르타가 강한 전투력을 가지고 있었음을 의미하는 것이리라.

Chapter 2
물결 밖으로

로이스는 수호룡 아니, 이제는 머메이드 소녀가 된 이네르타를 쳐다봤다.

　눈을 감은 채 혼절해 있는 소녀의 얼굴은 온통 시커먼 멍 자국으로 물들어 있었고, 두 눈과 입술은 퉁퉁 부어 있었다.

　얼굴이 본래 어떤 형상이었는지도 모를 정도로 엉망인 상태였다.

　긴 머리카락으로 가려진 그녀의 상체 부분도 온통 상처투성이일 것이다. 황금빛 비늘로 뒤덮인 하체의 상태도 온통 엉망이었으니까.

대체 어떤 무식한 작자가 가녀린 머메이드 소녀를 저 지경으로 만들어 놓았단 말인가?

물론 그 작자는 로이스였다. 주변에 아무도 보고 있는 사람이 없으니 천만다행이었다.

"이게 또 어떻게 된 거야?"

로이스는 한숨을 푹 내쉬었다.

문득 예전에 이꼬트의 보호수인 오후스와 싸웠을 때의 일이 떠올랐다. 그때도 로이스는 사악한 나무 괴수와 전투를 벌여 승리를 거뒀는데, 나무는 사라지고 전신에 상처를 입은 소녀가 나타나 놀랐지 않았던가.

지금도 딱 그 상황이랑 비슷했다.

그때는 많이 당황했는데 이번엔 두 번째이다 보니 비교적 담담하게 상황을 살필 수 있었다.

"이봐, 일어나 봐."

로이스는 머메이드 소녀를 툭툭 쳐서 깨웠다.

그러자 기절해 있던 머메이드 소녀가 몸을 부르르 떨더니 두 눈을 번쩍 떴다.

"아, 아얏! 자, 잠깐! 제발 때리지 말아 줘."

머메이드 소녀는 주눅이 잔뜩 들어 있었다. 물속이지만 두 눈에 그렁그렁하게 눈물이 고여 있었다. 누가 봐도 불쌍히 여길 가녀린 소녀의 얼굴이었다.

그러나 로이스는 코웃음 쳤다.

"엄살 피우지 말고 대답해. 너 정체가 뭐야?"

"난 이네르타. 더 이상 때리지 마. 내가 잘못했으니까."

이네르타는 울먹이며 고개를 푹 숙였다.

"잘못했다고?"

"응. 난 칼리스란 녀석이 정말 싫었거든. 그따위 나약한 녀석이 용자의 운명을 타고난 것이 무척 마음에 들지 않았어."

"용자? 여기에 용자가 있어?"

로이스의 두 눈이 휘둥그레 커졌다.

그는 당연히 아이리스 등이 인어국에 가서 겪었던 일과 그 전후 사정을 잘 모른다.

잠시 전.

로이스는 호수 위에서 낚시나 하면서 쉬고 있었는데 갑자기 군주의 목걸이가 빛나며 눈앞에 글자를 띄웠다.

[가까운 곳에 강한 적이 감지되었습니다.]

[인어국의 수호룡 이네르타가 잠에서 깨어나 분노의 포효를 지릅니다.]

[수호룡 이네르타는 강한 적이니 주의하십시오.]

그것을 본 로이스는 왠지 기분이 찜찜했다. 인어국의 수호룡이 분노하건 말건 알 바 아니지만, 하필이면 지금 부하들이 그곳에 가 있기 때문이었다.

이런 상황에 태평스레 낚시나 하며 기다릴 수 없다는 생각에 로디아에게 인어국으로 이동하라 명령했다.

지도에 아이리스 등이 있는 방향이 표시되어 있는 터라 인어국을 찾아오는 건 어렵지 않았다.

그런데 보랏빛 물결이 멀리서 보일 무렵.

[당신의 부하 스텔라가 수호룡 이네르타에게 패배했습니다.]

[스텔라가 릴리아나의 꽃밭으로 소환되었습니다.]

군주의 목걸이가 이 같은 사실을 알려 주었다.

뭔가 찜찜했던 기분이 바로 이 때문이었던 것이다.

그러나 그때 로이스는 또 하나의 비보를 보아야 했으니.

[당신의 부하 루니우스가 수호룡 이네르타에게 패배했습니다.]

[루니우스가 릴리아나의 꽃밭으로 소환되었습니다.]

대체 얼마나 강한 존재이기에 루니우스마저 패배했다는 말인가?

그사이 마전함이 보랏빛 물결을 통과했고 로이스는 아이리스가 탄 소형 마전함이 거대한 도마뱀 형상의 괴수에게 잡혀 있는 것을 발견했다.

그 즉시 분노한 로이스의 보복이 시작되었고, 그 결과 지금 이 앞에 만신창이가 된 머메이드 소녀 이네르타가 있는 것이었다.

"말해 봐. 용자가 뭐 어쨌다는 거지?"

"그게 그러니까."

이네르타는 울먹이며 대답했다.

"난 인어국의 수호룡으로 오래도록 인어족이 멸종되지 않도록 지켜봐 왔어. 모든 전쟁에 관여한 건 아니고 인어족이 매우 위급한 상황에 처해 멸망 직전에 놓일 때만 은밀하게 도움을 줘 인어족이 존속하도록 해 줬거든."

"그런데?"

"어느 날 알 수 없는 신비한 존재로부터 계시가 왔어. 나의 수명이 얼마 남지 않았다고 말이야. 하지만 그간 오래도록 인어족을 지켜온 수호룡으로서의 임무를 충실히 했으니 특별한 보상으로 새로운 운명을 갖게 해 준다는 거야.”

“새로운 운명?”

“장차 인어국에서 나올 용자를 보좌하는 총사가 될 운명이랬어.”

“그래?”

로이스의 두 눈이 휘둥그레 커졌다.

‘후후, 그렇단 말이지.’

용자를 찾는 중이었는데 이렇게 가까운 곳에 있었을 줄이야.

그때 이네르타가 말을 이었다.

“난 억울했어. 그토록 오래도록 인어족을 지켜왔는데 용자도 아닌 용자의 총사라니. 난 총사보다는 기왕이면 용자가 되고 싶었거든.”

“후.”

로이스가 문득 한숨을 내쉬었다. 그러다 이내 씁쓸한 미소를 흘리며 고개를 끄덕였다.

“상황은 좀 다르지만 내가 그 심정은 좀 알아. 나도 한때 정말 용자가 되고 싶었는데 용자가 될 운명이 아닌 것을 알게 됐거든. 그때 얼마나 화가 났는지 몰라. 젠장! 게다가 무척이나 어설퍼 보이는 소녀 따위가 용자라는 걸 알게 됐을 땐 더 화가 났었지."

"......!"

그러자 이네르타가 잠시 로이스를 뚫어져라 쳐다봤다.

로이스의 말이 묘하게 위안이 되었던 것이다.

"그래서 어떻게 했는데?"

"내게 주어진 운명을 따르게 됐지."

"용자가 부럽지 않아?"

"별로. 비록 난 용자는 아니지만 용자들을 도와주며 보람을 느끼거든."

"용자를 도와주며 보람을 느낀다고?"

"응. 내 덕분에 그 어설픈 소녀 용자는 지금 아주 늠름하고 멋진 용자가 되었거든."

"아, 그렇구나."

이네르타의 눈빛이 일순 복잡하게 반짝였다.

로이스가 그녀를 노려봤다.

"그건 그렇고 그 다음엔 어떻게 된 거지?"

"그 다음이라니 뭘?"

"아까 칼리스라는 녀석이 마음이 들지 않는다고 했잖아."

그러자 이네르타가 한숨을 푹 내쉬었다.

"칼리스는 인어국의 국왕이야. 머맨 왕이라 불리는데 하필이면 용자의 운명을 타고났어. 하지만 그 녀석은 너무 나약하고 겁도 많고 뭔가를 극복하겠다는 의지도 없어. 툭하면 울기나 하고 말이야."

"한심한 녀석이네."

로이스는 못마땅한 표정을 지었다. 용자가 얼마나 대단한 존재인데 하필 그따위 녀석이 용자의 운명을 타고났다는 말인가. 당장이라도 손을 좀 봐 주고 싶은 마음이 들 정도였다.

"무척 한심하지. 난 그래서 운명을 거부하기로 했어."

"운명을 거부해?"

"계시의 내용대로라면 내가 용자와 함께 샤론 대륙으로 건너오는 순간 수호룡으로서의 나의 모든 능력은 사라지고 풋내기 총사 아니, 엄밀히 말하면 집사가 된다고 했거든."

"맞아. 보통은 집사로 시작해. 내가 아는 녀석도 처음엔 집사였다가 지금은 총사가 됐지. 집사일 땐 정말 어설펐는데 총사가 되니 확실히 좀 멋있어졌어."

로이스는 타르파를 떠올리며 말했다. 그러자 이네르타가 일순 부럽다는 듯한 표정을 지었다. 그러다 이내 고개를 흔들었다.

"하지만 생각해 봐. 그런 용자의 자격도 없는 한심한 녀석을 도와줘야 할 나의 운명이 얼마나 슬픈 것인지를. 수호룡의 능력을 그대로 쓸 수 있다면 모를까 모든 능력이 사라진 상태잖아. 대체 내가 그따위 녀석과 뭘 해 볼 수 있겠어?"

"답이 안 나오는 상황이긴 하네. 그런데 그렇다고 넌 지금껏 그 녀석이 용자가 되지 못하게 막았다는 거야?"

로이스는 슥 이네르타를 노려봤다. 사정은 이해가 되지만 그렇다고 용서가 되는 건 아니었다.

그런 식이었으면 로이스는 아시엘을 그냥 내버려 두었어야 했을 것이다. 나칸에게 죽든 말든 말이다.

"아무래도 넌 좀 더 맞아야겠다. 네가 마음에 들지 않는다고 용자의 운명까지 가로막은 건 절대 용서받지 못할 일이거든."

그러자 이네르타가 움찔하며 뒤로 물러났다.

"자, 잠깐! 그러니까 무조건 막겠다는 건 아니었어. 적어도 내가 인정할 만큼 그 녀석이 좀 강해지길 바랐던 거지. 왕으로서 대접도 못 받고 대신들에게 무시만 당할 뿐 아니라, 그롤족과 같은 괴수어들의 위협까지 받는 상황에서도 그 녀석은 그저 자기 연민에만 빠져 있었다고."

이네르타는 로이스가 또 때릴까 봐 두려운지 눈물을 글썽였다.

동정심을 끌기 위해 일부러 우는 것이 아니라, 진짜로 겁이 나서 우는 것이었다.

이제는 수호룡으로서의 모든 삶은 전생이 되어 무한의 저편으로 사라지고 머메이드 소녀 집사 이네르타의 현생이 시작되었기 때문이다.

당연히 수호룡으로서 가지고 있던 수많은 지식이나 지혜들도 무한의 저편으로 사라졌다.

그녀가 전생에 대해 기억하고 있는 것은 그저 자신이 이전에 수호룡이었다는 것, 그리고 칼리스가 매우 나약하고 한심한 녀석이었다는 것과 같은 소소한 것들뿐이었다.

"알았어. 안 때릴 테니 염려 마. 아무튼 너도 앞으로 고생이 많겠구나."

로이스는 이네르타가 왠지 불쌍했다. 특히 여전히 얼굴의 형체도 알아보기 힘들게 퉁퉁 부어 있는 모습은 매우 처량해 보이기도 했다.

물론 로이스도 전투의 와중에 전신이 만신창이가 되긴 했지만 레벨이 오르며 말끔하게 치료된 상태였다.

"용기를 내. 난 미스토스 상급 기사 로이스야. 앞으로 너와 너의 용자를 도와 마왕도 두렵지 않게 만든 후 떠날 테니 염려 마."

"네가 미스토스 기사? 그것도 상급 기사?"

"응. 난 머지않아 미스토스 군주가 될 거야."

그래도 명색이 용자의 집사이니 이네르타도 미스토스 상급 기사가 뭔지는 알고 있는 모양이었다. 게다가 미스토스 군주라는 것이 무엇인지도 말이다.

그래서일까? 그녀는 갑자기 로이스에 대해 극도로 정중한 태도를 취했다.

"제게 용기를 주셔서 고마워요, 로이스 님."

"후후, 너무 고마워할 건 없어. 다 나도 좋자고 하는 일이거든."

용자를 도와주고 인정을 받으면 로이스는 미스토스 군주가 되는 길에 가까워진다. 로이스가 그저 무작정 호의를 베푸는 것은 아니었다.

이네르타가 눈을 빛내더니 보랏빛 물결이 있는 쪽으로 헤엄쳐 가며 말했다.

"이제 그 녀석을 찾으러 가 봐야겠어요. 기왕 집사가 되었으니 최대한 빨리 그 녀석을 제대로 된 용자로 만들 생각이에요."

"기다려 봐. 지금 네 꼴 그대로 용자를 만나면 그 녀석이 널 얼마나 한심하게 보겠어?"

만신창이 상태에 얼굴은 퉁퉁 부어 있는 이네르타였다. 그 꼴로 내가 너의 집사야, 라고 말한다면 칼리스는 기겁하고 말 것이다.

그 생각을 한 이네르타는 침울해하는 표정을 지었다.

"그건 그렇군요. 제가 용자라도 이런 꼴이라면 한심하게 볼 거예요."

그러나 현재 그녀의 능력으로는 자신의 상처 하나 치료할 수 없는 상황이었다.

"걱정 말고 이걸 마셔. 포션이니 치료에 도움이 될 거야."

로이스는 아공간의 창고에서 포션을 한 병 꺼내 건넸다.

때리고 약 주고 이게 뭐하는 짓인가 싶긴 하지만 그래도 이네르타가 너무 처량해 보여서 그냥 둘 수가 없었다. 로이스의 아공간 창고 첫 번째 칸에 쌓인 보물들 중에는 사르곤 제국의 황제가 된 라테르가 넣어 둔 최상급 포션들도 수두룩했다.

"이 귀한 걸 받아도 될까요?"

이네르타는 로이스가 내민 포션이 범상치 않은 것임을 알아봤다.

"괜찮으니 어서 받아."

"고마워요, 로이스 님. 이 신세는 꼭 갚을게요."

벌컥! 벌컥!

이네르타는 주저 없이 포션을 마셨다. 그러자 과연 그녀의 상태가 말끔하게 회복됐다.

황금빛 긴 머리를 가진 예쁜 머메이드 소녀.

푸른색의 두 홍채가 총명하게 반짝였다.

이 작고 가녀린 모습을 보며 인어족의 거대한 수호룡이 었던 그녀의 전생을 떠올리기란 쉽지 않을 것이다.

$$* \qquad * \qquad *$$

한편 그때 아이리스와 칼리스가 타고 있던 소형 마전함 은 로디아의 마전함 안으로 빨려들 듯 이동되었다.

"마마! 무사하셨군요."

"난 괜찮지만 스텔라 경과 루니우스 경이 소환되고 말았어. 그런데 어떻게 알고 온 거야?"

"로드께 들었어요."

로이스가 군주의 목걸이로부터 알게 된 내용을 로디아에게 말해 준 것이다. 아이리스는 일단 옆에서 멍한 표정으로 서 있는 칼리스를 소개했다.

"이쪽은 인어국의 머맨 왕 칼리스 님이야."

"로디아예요. 머맨 왕을 뵙게 되어 영광입니다."

"영광일 것까지는 없다. 이런 꼴로 만나게 되어 부끄럽구나."

칼리스는 방금 전 로이스와 수호룡 이네르타가 싸우던

장면에 넋이 반쯤 나간 상태였다. 사방이 온통 흙탕물에 가려져 있던 터라 자세한 전투 상황을 다 보진 못했지만 마지막으로 이네르타가 로이스에게 쫓겨 간 모습은 보았다.

그러나 아무리 생각해도 그것은 잘못 본 것이 아닌가 싶었다. 그래서 그는 아이리스를 향해 물었다.

"그대들도 혹시 보았나? 그 정체불명의 인간을 피해 수호룡 이네르타가 달아나던 장면을 말이야."

"그 정체불명의 인간이 바로 로드이신 로이스 님이세요."

아이리스는 매우 자부심 가득한 미소를 지으며 대답했다. 그녀 역시 로이스가 설마 수호룡 이네르타를 그토록 일방적으로 몰아붙일 줄은 몰랐다.

"미스토스 상급 기사라는 그자 말인가?"

"네, 바로 그분이죠."

그러자 칼리스는 감탄의 표정을 지었다.

"정말 대단한 자로군. 인간이 어떻게 그리 강할 수 있는 것인지 도무지 믿을 수가 없구나."

"그 의문에 대한 답은 로드께서 직접 해 주실 거예요."

"그게 무슨 말인가?"

"이제 로드를 뵈러 갈 거니까요."

마전함이 보랏빛 물결 앞으로 이동 중이었다. 그러자 칼리스가 기겁했다.

"잠깐! 안 돼! 난 저 밖으로 나가면 죽고 말 거야."

"샤론 대륙으로 가야 용자가 될 수 있다는 걸 잊었나요? 이제 당신을 방해하던 수호룡도 사라졌는데 뭘 주저하는 거죠?"

"그게……."

칼리스는 뭐라 답할 말이 떠오르지 않았다. 그러나 왠지 불안했다.

그냥 본래의 왕궁으로 돌아가고 싶었다.

'꼭 내가 용자라는 것이 되어야 할까? 설령 용자가 된다 해도 나처럼 마나를 제대로 쓸 줄도 모른다면 샤론 대륙의 온갖 몬스터들에게 금방 죽임을 당하고 말 것이다. 하물며 마왕이나 마족을 내가 무슨 수로 이길 수 있을까?'

그는 이 생각을 하며 두려워 떨었다.

아니 그 전에 샤론 대륙으로 나가는 순간 정말로 저주를 받아 죽을 것 같았다.

"부탁이다. 그대들이 무엇 때문에 나를 샤론 대륙으로 이끌려는지 모르지만, 나 말고 다른 이를 찾아봐라."

아이리스가 싸늘히 웃었다.

"나 역시 그러고 싶군요. 하지만 결정은 로드께서 하실 거예요."

그 말을 끝으로 그녀는 칼리스가 무슨 소리를 하던 무시해 버렸다.

그사이 마전함은 보랏빛 물결 속으로 파고들었다.

촤아아아—

칼리스는 기겁하며 눈을 감았다.

'으으! 큰일이야. 난 이제 죽고 말 거야.'

아주 예전에는 이 신비한 물결 밖으로 가고 싶었다.

과연 저 밖에는 무엇이 있을까 궁금했다.

그 무엇보다 최강의 용자가 되고 싶었다. 그래서 인어국의 모든 머맨들과 머메이드들을 지켜 주고 싶었던 것이다.

그러나 언제부터인가 그는 저 물결 밖이 두렵기만 했다.

마나를 제대로 다룰 수 없다는 것에서 오는 무력감 때문이었다. 그 상태로 나가 봤자 뭘 할 수 있을까?

그때부터 그는 자신을 방해하는 수호룡이 오히려 고맙게 느껴졌다. 덕분에 자신이 나가지 않아도 되는 합당한 이유가 생겨났으니까.

그 누구도 그가 인어국 밖으로 나가지 않는다고 뭐라 하지 않았다.

대신들도 마찬가지였다.

어쩔 수 없이 식량은 그곳에서 조달해 와도 샤론 대륙은 온갖 저주와 재앙이 가득한 불길한 장소로 인식되었다.

샤론 대륙을 다녀온 많은 머맨과 머메이드들이 석화의 징벌을 받아 석상이 되어 버렸지만 칼리스는 모른 척 외면했다.

비록 천덕꾸러기 왕으로 취급받을망정, 대신들에게 무시를 받을망정 몸만은 하루하루 편했다.

인어국의 궁전은 그에게는 아주 편안한 안식처이자 도피처였으니까.

그런데 아이리스 등에 의해 강제로 궁전을 벗어난 것도 모자라 보랏빛 물결 밖으로 나가게 되었으니 그에게는 날벼락도 이런 날벼락이 없었다.

"……!"

칼리스는 눈을 감은 채로 마전함의 의자에 앉아 있었다.

'어떻게 된 거지? 분명 보랏빛 물결 속으로 들어간 것 같은데?'

지금쯤 뭔가 일이 벌어졌어야 정상이었다.

그는 자신이 저주를 받아 죽거나 혹은 상상도 못할 무서운 일이 벌어질 것이라 생각했기에 차마 눈을 뜰 용기가 나지 않았다.

그런데 왜 이리 조용한 것일까?

그때 어디선가 싸늘한 음성이 들려왔다.

"언제까지 눈을 감고 있을 셈이야?"

칼리스는 깜짝 놀라 눈을 떴다. 아까 수호룡을 몰아붙인 불가사의한 능력의 소년이 자신을 쳐다보고 있었다.

"그, 그대는?"

"로이스."

로이스의 두 눈이 시퍼렇게 빛났다. 그 순간 칼리스는 두려움에 정신이 아득해져 버렸다. 마치 무슨 악마와 같은 존재가 자신을 잡아먹을 듯 노려보고 있는 것처럼 느꼈기 때문이다.

"으으, 사, 살려 줘! 난 아무 잘못도 안했다고!"

"듣던 대로 한심한 녀석이군."

이네르타에게 들었을 때만 해도 그러려니 했는데 막상 눈으로 보자 로이스는 분노가 치밀었다.

어찌 용자의 운명을 타고난 녀석이 저렇게 비굴할 수 있다는 말인가? 설령 아직 능력이 미치지 못한다 해도 용자는 그 누구 앞에서든 당당해야 하는 것이다.

그런데 자신을 보자마자 엎드려 살려 달라고 하고 있으니 어이가 없었다.

그 꼴을 본 이네르타는 울상을 지었다.

"하! 내가 미쳐."

그리고는 곧바로 날아가 칼리스를 붙잡아 일으켜 세웠다.

"바보처럼 굴지 말고 어서 일어나."

그러자 칼리스는 고개를 갸웃했다.

"그대는 누구지? 난 그대와 같은 머메이드는 본 적이 없다."

황금빛 화려한 물고기 비늘을 가진 머메이드 소녀라니!

더구나 소녀의 얼굴은 무척 아름다웠다.

인어국의 궁전 안은 물론 어디에서도 이네르타처럼 아름다운 머메이드는 없었다.

그러자 이네르타가 싸늘히 그를 노려보며 대답했다.

"난 이네르타."

"이네르타라면? 설마?"

"네 짐작이 맞아. 난 인어국의 수호룡 이네르타였다. 지금은 집사일 뿐이지만."

"집사?"

"차차 알게 될 거야. 그보다 지금은 로이스 님께 너의 의지를 보여 줘야 해."

"의지라니? 그게 무슨 뜻이냐?"

"네가 용자가 되겠다는 의지! 그 어떤 상황에서도 비굴하지 않으며 용자로서 당당하게 강해지겠다는 의지!"

그 말을 들은 칼리스는 혼란스러운 표정을 지었다.

"용자라고? 또 그 얘기인가? 난 그런 대단한 존재는 될

수 없다. 그렇지. 이네르타 넌 수호룡이었으니 네가 용자가
되는 것이 어떠냐?"

그러자 이네르타가 인상을 험악하게 지으며 칼리스를 노
려봤다.

"그럴 수 있었다면 벌써 그렇게 했겠지. 하지만 용자는
나의 운명이 아니야. 난 총사, 아니 집사로서의 내 운명을
받아들이기로 했다. 그러니 너도 더 이상 도피하지 말고 용
자로서의 네 운명을 받아들이도록 해. 그렇지 않으면."

칼리스는 인상을 찌푸린 채 그녀를 노려봤다.

"그렇지 않으면 어쩌겠다는 것이냐? 도대체 왜들 자꾸
나의 운명을 강요하는 거지?"

그러자 로이스가 싸늘히 웃으며 말했다.

"아무도 강요하지 않아. 선택은 네가 해라. 용자로서 살
겠다면 내가 도와주겠어. 그러나 용자가 되지 않겠다면 넌
지금 이 순간 죽는다."

로이스의 두 눈이 시퍼렇게 다시 빛났다. 그의 입에서 차
디찬 조소가 흘렀다.

"흐흐, 난 그냥 네가 포기했으면 좋겠다. 너 따위 녀석이
용자라면 저 바닥을 기고 있는 새우나 게들도 용자가 될 수
있을 테니까."

마전함 바깥 수중의 바닥에 큼직한 게들이 기어 다니고

있었다. 근처에 커다란 새우들도 꽤 보였다.

"으으! 어찌 그런 말을?"

칼리스는 울컥했다. 아무리 그래도 머맨 왕인 자신을 새우나 게만도 못한 존재라 말하다니 참기 힘들었던 것이다.

"왜? 네가 저기 있는 새우나 게들보다는 낫다고 말하고 싶은 거야?"

"그걸 말이라고 하느냐? 나는 머맨 왕이다. 인어국의 국왕 칼리스가 바로 나란 말이다."

"그럼 그 자격을 증명해 봐. 네가 정말 저 새우나 게들보다 나은 게 뭐가 있는지 말이야."

"그게 무슨 말이냐?"

"저 새우들과 게들은 이 샤론 대륙의 호수를 두려워하지 않고 자유롭게 돌아다니고 있어. 알아서 먹을 것도 찾고 자신의 집도 가지고 있지. 그런데 넌 이곳이 두려워 나올 생각도 하지 못했어. 궁전 안에 꽁꽁 숨어 도피하기만 했을 뿐이야."

"……."

칼리스는 뭐라 할 말이 없는 듯 인상을 구기기만 했다. 로이스가 그를 노려봤다.

"더 이상 말하기도 귀찮다. 다 필요 없으니 어서 선택해라. 용자가 될지 아니면 내 손에 죽을지 말이야. 용자가 되겠다면 지난 모든 잘못을 용서해 주고 네게 기회를 주겠다. 하지만 끝까지 비겁하게 굴면 너뿐 아니라 인어국의 모든 머맨과 머메이드들을 하나도 남김없이 다 죽여 버릴 것이다."

"뭐, 뭣이?"

그 말에 칼리스뿐 아니라 이네르타 역시 깜짝 놀란 표정이었다.

그러나 로이스의 표정은 단호했다.

"어차피 용자가 없으면 인어국은 곧 망할 거야. 마족들에게 죽느니 차라리 내 손에 죽는 게 낫겠지."

칼리스가 로이스를 노려봤다.

"그건 말도 안 되는 소리야. 지금껏 마족들이 우릴 공격해 온 적은 한 번도 없었다."

그러자 이네르타가 한숨을 내쉬었다.

"없긴 왜 없어. 잊을 만하면 나타나는 마족 녀석들을 쫓아 버리느라 내가 얼마나 힘들었는지 알아?"

그 말에 칼리스는 다시 놀랐다. 그렇다면 지금껏 이네르타가 마족들을 쫓아 버렸다는 말인가? 그로서는 처음 듣는 얘기였다.

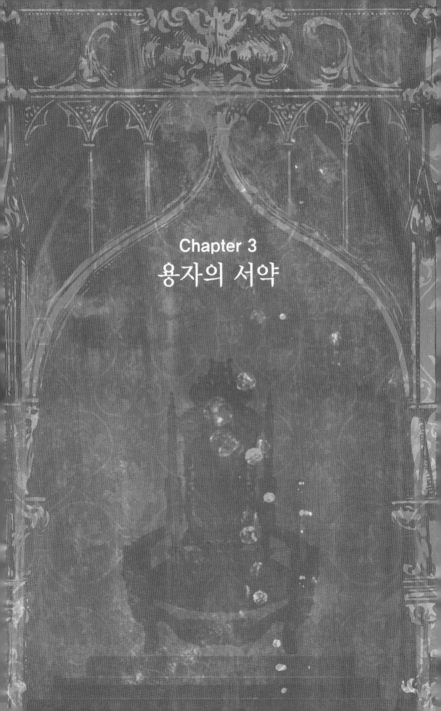

Chapter 3
용자의 서약

　"그게 정말이냐?"

　"내가 달리 수호룡이었을까? 아무튼 로이스 님의 말대로
야. 이제 나도 없으니 네가 용자로서 강해져 마족들을 막지
않으면 인어국은 곧 멸망할 거야. 물론 아마 그 전에 그롤
들에게 당하고 말겠지."

　"그롤? 괴수어들 말이냐?"

　"그간 그롤들을 막아 냈던 게 너희들의 능력이었다고 생
각해? 난 너희들이 감당할 만한 숫자의 그롤들만 인어국의
국경을 통과시켰어. 그 이상의 숫자가 나타나면 모두 쫓아
버렸다."

"그럴 리가!"

칼리스는 혼란스러운 표정이었다. 그렇다면 이제 수호룡도 사라진 이상 인어국의 멸망은 시간문제이리라.

이제 어떻게 해야 하는가?

칼리스는 고심에 빠졌다. 그 스스로 따져 봤을 때 자신이 용자가 될 만한 자격이 없다는 생각 때문이었다.

솔직한 심정으로는 그냥 머맨 왕으로서 계속 지내고 싶었다.

물론 대신들의 눈치나 보는 무능력한 머맨 왕으로서의 삶이 마냥 편한 것도 아니었지만, 자신이 이렇게 있는 것이 인어국을 지킬 수 있는 최선의 방법이라 생각하며 위안을 삼아 왔다.

그러나 그것은 이제 불가능했다. 용자가 되지 않으면 그는 이 자리에서 죽을 뿐 아니라 인어국도 당장 멸망하고 만다. 마족이나 그롤들이 아니라 저 우악스러운 인간 로이스의 손에 말이다.

'아무리 그래도 인어국을 멸망하게 할 수는 없어.'

문득 선왕 카타리나의 얼굴이 떠올랐다. 인어국이 멸망한다면 죽어서 그녀의 얼굴을 어찌 볼 수 있겠는가.

칼리스는 로이스를 노려보며 외쳤다.

"용자가 될 테니 인어국을 멸망시키지 마라."

그러자 로이스는 고개를 살짝 끄덕였다.

"좋다. 약속대로 널 도와주겠다."

그러자 칼리스보다 이네르타가 더욱 좋아했다.

"그럼 칼리스 님의 용병이 되어 주실 건가요?"

"아니, 난 그럴 생각이 없어. 당분간 마족 정도가 나타나면 해치워 주겠지만 그 밖의 녀석들은 너희들이 알아서 처리해."

"네."

이네르타는 살짝 섭섭해하는 표정이었다. 로이스가 용병이 되어 주면 칼리스에게는 순식간에 대량의 미스토스가 쌓이게 될 것이기 때문이다.

그럼 이네르타는 그 막대한 미스토스를 이용해 많은 것을 할 수 있게 된다. 총사나 집사에게는 미스토스가 많은 것처럼 신나는 일은 없을 것이다.

그러나 로이스는 그렇게 쉽게 칼리스 등에게 많은 미스토스를 쥐여 줄 생각은 없었다.

그렇게 되면 칼리스와 같은 나약한 정신 상태를 가진 용자에게는 오히려 독이 될 가능성이 높기 때문이다.

그동안 안전한 궁전에 숨어 현실을 도피했듯이 칼리스는 용자의 성에 숨어 지낼 가능성이 농후했다. 이네르타가 미스토스를 이용해 마왕이나 마족들도 막아 줄 테니 세상에 그처럼 안전한 도피처는 없을 것이다.

문제는 그 미스토스가 영원한 것이 아니라는 것이다.

로이스는 머지않아 이곳을 떠날 것이고, 칼리스는 미스토스를 소모하기만 하다 결국 그것이 바닥날 경우 비참한 최후를 당하고 말 것이다.

물론 칼리스가 아시엘처럼 정신이 똑바로 박힌 용자라면 로이스도 시간을 아끼기 위해 그를 처음부터 도와주겠지만 말이다.

"그리고 인어국 부하들의 도움도 받을 생각은 하지 마. 그놈들은 당분간 내가 알아서 교육을 시킬 생각이니까."

"그, 그건……."

칼리스는 뭐라 말을 하려 했지만 로이스의 반응이 너무 살벌해서 감히 더 이상 말을 잇지 못했다. 또한 이네르타가 슬쩍 그의 팔을 잡으며 눈치를 주기도 했다. 로이스의 뜻을 거스르는 순간 용자고 뭐고 없다는 것을 그녀는 잘 파악했기 때문이었다.

"로디아, 넌 마전함을 끌고 아스피스 성으로 가서 스텔라와 루니우스를 데려오도록 해. 여긴 소형 마전함만 하나 남겨 두면 될 거야."

"네, 로드."

로디아는 즉각 마전함을 끌고 아스피스 성으로 향했다.

소형 마전함에는 아이리스와 물의 정령 퓨리, 땅의 정령 아리스가 남았다.

로이스는 문득 생각났다는 듯 칼리스에게 물었다.

"그러고 보니 너 혹시 매브왕의 내단 꺼낼 줄 알아?"

왠지 칼리스의 어설퍼 보이는 모습을 보니 그것도 하지 못할 것 같은 생각이 들어서였다. 그러나 의외로 칼리스는 자신감 있게 대답했다.

"내가 다른 건 몰라도 그쪽은 전문이다. 재료와 도구만 있으면 갑옷도 잘 만들 수 있다."

"그렇다니 다행이군."

로이스는 흡족한 표정을 지었다.

그럼 이제 매브왕의 사체만 구해다 주면 매브왕의 내단을 구하는 건 어렵지 않을 것이다. 아이리스가 눈을 반짝이며 웃었다.

"다행이에요. 주릅 상인에게 진 외상을 갚을 수 있겠군요."

"응. 저 녀석의 말이 사실이라면."

로이스는 여전히 칼리스가 미덥지 않았다. 그러나 워낙 그쪽으로는 자신감을 보였기에 기대하는 것도 있었다.

그때 이네르타가 다급히 주위를 살피더니 칼리스를 향해 말했다.

"이러고 있을 때가 아니야. 어서 용자의 집을 만들 장소를 찾아가야 해. 적들이 오기 전에 빨리 집을 만들지 않으면 큰일이 생길 거야."

"그걸 어떻게 찾을 수 있느냐?"

"내가 알 수 있으니 따라오기나 해."

이네르타는 로이스가 더 이상 도움을 주지 않을 것을 알게 되자 다급히 집사로서의 생존 본능을 발휘했다.

전생 수호룡으로서의 지낼 때의 지식은 대부분 사라져 버렸지만, 대신에 용자의 집사로서 가져야 할 지식들은 마치 오래전부터 알고 있었던 것처럼 익숙하게 떠올랐다.

그렇게 이네르타가 앞장서고 칼리스가 그녀의 뒤를 따라 소형 마전함 밖으로 나섰다. 로이스는 여전히 소형 마전함에 탄 채로 그들의 모습을 흥미롭게 지켜봤다.

"천천히 저 녀석들의 뒤를 쫓아가, 아이리스. 일단 집을 만드는 걸 본 후에 인어국으로 갈 거야."

"네, 로드."

아이리스로부터 인어국에서의 일을 보고받은 로이스는 그곳의 대신들을 손봐 줄 생각을 굳힌 터였다.

이는 아이리스의 조언 때문이었다.

아이리스는 인어국에도 사르곤 제국의 대마법사 나칸처럼 마족의 끄나풀이 있을 거라 확신했기 때문이다.

"아주 사악한 눈빛을 가진 하데프는 루니우스에 의해 죽임을 당했지만, 그 못지않게 사악해 보이는 대신들이 제법 보였어요."

"그 녀석들이 바로 마족의 하수인들일 수도 있다는 거야?"

"네, 수호룡 이네르타로 인해 마족들이 직접 인어국에 개입할 수가 없었기 때문에 하수인들을 만들어 암중으로 머맨 왕 칼리스가 용자가 되지 못하게 방해했을 거예요. 샤론 대륙에 대한 공포심을 부추기고 그를 매우 소극적이며 비겁한 성격으로 만들어 놓은 것이죠."

"그놈들을 모조리 없애 버려야겠군."

"그리고 한 가지 더 보고드릴 게 있어요."

"뭔데?"

"실은 타샤도 석화의 징벌을 받아 석상으로 변하고 말았어요. 저를 비롯한 인간들을 데려왔다는 이유로 징벌을 당한 것 같아요."

"뭐? 그게 사실이야?"

"그런 이들이 한둘이 아니에요. 그들의 저주를 풀어 정상으로 되돌릴 방법도 찾아봐야 할 듯해요."

"그래야지."

로이스는 타샤가 석상이 되어 버렸다는 말을 듣자 기분이 매우 안 좋았다. 그녀는 로이스의 부탁을 들어주기 위해 인어국에서 금기시된 일을 했던 것이기 때문이다.

"다른 이들은 몰라도 타샤는 반드시 그 저주를 풀어 줘야 해. 날 위해 일을 하다 벌을 당했으니까."

"염려 마세요, 로드. 그리고 며칠 후면 로디아가 루니우스와 스텔라를 데려올 거예요. 제가 그녀들과 함께 인어국의 전반적인 것들을 모두 손보겠어요. 번거롭게 로드께서 직접 나서실 필요는 없을 것 같아요."

"그래?"

생각해 보니 강한 녀석들과 싸우는 거라면 모를까 그런 세세하게 머리 쓰는 일까지 관여하는 건 로이스의 성격에 맞지 않았다.

"좋아. 그건 네게 맡기겠다, 아이리스. 대신 나의 도움이 필요하면 언제든 말해."

"네, 맡겨 주세요, 로드!"

아이리스가 자신 있게 미소 지었다.

로디아, 루니우스 등과 함께라면 아이리스는 인어국에 침투해 있는 마족의 끄나풀들을 모조리 제거하고, 또한 대신들의 정신 상태도 뜯어고쳐 놓을 자신이 있었다.

또한 모든 석상들의 저주도 풀어 볼 생각이었다.

천재 마법사 로디아라면 어떤 식으로든 방법을 찾아낼 테니까.

다만 그러한 과정은 세심하게 진행되어야 한다.

비록 잘못을 했더라도 주동자들과 어쩔 수 없이 가담을 한 자들을 구분하는 일도 필요했다. 그렇지 않으면 너무도 많은 피를 흘려야 할 것이기 때문이다.

즉, 처음부터 로이스가 그 과정에 관여하게 되면 그야말로 인어국 전체에 폭풍 같은 피바람이 불 가능성이 농후했다.

그래서 아이리스는 자신이 나서서 해결하겠다고 말한 것이었다.

"앞으로도 이런 정치나 내정과 관련된 일은 제게 맡겨 주세요. 로드께서 신경 쓰시지 않게 알아서 잘 처리하겠어요."

"물론이야."

로이스는 흐뭇하게 웃으며 고개를 끄덕였다.

'후후, 머리 좋은 부하들이 있으니 이럴 땐 편하네.'

그렇게 로이스가 아이리스와 함께 느긋하게 대화를 나누는 동안에도 이네르타와 칼리스는 어디론가 계속 이동했다.

얼마의 시간이 지났을까? 수면 아래에 위치한 거대한 산과 같은 봉우리. 그곳의 중턱에 한 자그만 동굴이 보였다.

이네르타는 그곳으로 칼리스를 이끌었다.

"여기야."

"뭐냐? 이런 초라하고 작은 동굴은? 설마 머맨 왕인 나에게 이런 허름한 곳에서 지내라는 건가?"

칼리스는 시큰둥한 표정이었다. 이네르타는 그를 노려봤다.

"투덜대지 마. 비록 초라해 보이지만 앞으로 우리가 얼마나 미스토스를 쌓느냐에 따라 아주 멋진 동굴로 변할 수 있어."

"아무리 그래도 여긴 좀 그렇지 않으냐?"

칼리스는 동굴 안을 쳐다봤다. 오래전 죽은 각종 수중 동물의 뼈가 한쪽에 쌓여 있고, 또한 알 수 없는 온갖 지저분한 벌레 같은 것들이 동굴 도처에 가득했기 때문이다.

"뭐 좀 그렇긴 하네."

이네르타 또한 칼리스의 말에 동감한 듯 살짝 인상을 찌푸렸다.

"하지만 이곳은 오직 너를 위해 예비된 용자의 동굴이야. 여기에 터전을 세우면 미스토스 소모를 줄일 수 있고 방어도 유리해."

그 말과 함께 이네르타는 칼리스에게 미스토스가 무엇이고, 그것을 어떻게 쌓는 건지에 대해 자세히 설명해 줬다. 또한 미스토스의 방어 결계에 대해서도 알려 줬다.

칼리스는 그제야 상황을 이해했다.

"그럼 별수 없이 여기서 지내야겠구나. 이제부터는 내가 뭘 해야 되느냐?"

"용자로서의 서약을 해야 해."

"서약?"

"그냥 내가 하는 대로 따라 하면 돼."

"알았다. 어서 해 보아라."

"나 칼리스는 이 순간 이후로 내게 주어진 용자로서의 운명을 받아들일 것이다. 샤론 대륙의 용자로서 내게 속한 인어국의 세계를 지키기 위해 사악한 마왕의 무리와 맞설 것이다."

이네르타는 그렇게 말한 후 칼리스를 쳐다봤다.

"뭐 해? 안 따라 하고."

칼리스는 알았다는 듯 고개를 끄덕였다.

"나 칼리스는……."

한 번 들었을 뿐이지만 마치 영혼에 각인된 듯 기억이 된 터였다. 칼리스는 이네르타가 말한 그대로 외쳤다.

"……사악한 마왕의 무리와 맞설 것이다."

그 말이 끝나는 순간 수면 위쪽에서 찬란한 푸른 광채가 비추더니 칼리스와 이네르타의 몸을 휘감았다.

화아아악—

알 수 없는 깊은 감동이 가슴을 울림과 동시에 칼리스는 지금껏 한 번도 느껴보지 못했던 엄청난 힘을 느꼈다.

'으음! 이 힘은 무엇일까?'

지금 상태라면 뭐든 못할 것이 없을 것 같았다. 설령 마왕이라 해도 때려죽일 수 있을 것 같은 느낌이었다. 만일 신이라는 존재가 있다면 이런 능력을 가지고 있을 것이다.

그러나 그것은 아주 찰나의 순간이었을 뿐.

칼리스는 어느새 본래의 상태로 돌아와 있었다.

"방금 전 나는 아주 엄청난 힘을 느꼈다, 이네르타."

"나도 느꼈어. 잠시지만."

이네르타도 아쉽다는 표정이었다. 칼리스가 혼란스러운 듯 물었다.

"왜 그 힘이 사라진 거지?"

"그건 언젠가 네가 강한 용자가 되면 그만한 능력을 갖출 수 있다는 걸 환상으로 체험한 거야. 그것을 목표로 강해지라는 뜻이지."

"그런 건가."

칼리스는 뭔가 허무하면서도 묘한 감정이 들었다.

비록 환상이었다지만 절대 잊히지 않았다.

마치 신과 같은 전능자의 가공스러운 능력!

용자로서 발전하면 그토록 강해질 수 있다니 왠지 기분이 고무되었던 것이다.

그러나 그것은 어디까지나 아득한 미래의 일일 뿐이다.

어쩌면 잡을 수 없는 환상일 수도 있는 막연한 미래 말이다.

현실의 그는 그저 간신히 검 한 자루만 손에 쥐고 휘두르는 미약한 전투력의 머맨일 뿐이었다.

그는 이내 절망스러운 표정을 지었다.

"난 마나가 거의 모이지 않는다. 그런 일은 그저 꿈에 불과할 뿐이야."

자신은 선천적인 신체의 한계 때문에 아무리 노력해도 강해질 수 없지 않은가.

그런데 왜 말도 안 되는 망상을 심어 준 것인지 이해가 되지 않았다.

그러자 이네르타가 그를 노려봤다.

"너뿐만 아니라 대부분의 용자들도 다 비슷한 상황에서 시작해. 포기하지 않고 노력하면 그런 한계를 극복하게 되거든. 그 또한 진정한 용자가 되기 위한 시련 중 하나야. 모든 게 주어지고 갖춰진 상태에서 시작하면 그 누가 용자가 되지 못하겠어?"

"한계를 극복하라? 과연 그런 일이 벌어질까?"

그랬으면 좋겠다는 생각이 들면서도 왠지 너무 막연하기만 했다.

이네르타가 상기된 표정으로 말했다.

"어쨌든 방금 전 너의 서약으로 넌 이제 정식으로 용자가 됐고, 난 너의 집사가 됐어. 덕분에 약간의 미스토스가 생겨났으니 이걸로 방어 결계를 펼칠 생각이야. 내게 너의 모든 미스토스를 위임해 줄래?"

"그리하겠다, 집사."

칼리스가 흔쾌히 고개를 끄덕이자 이네르타가 곧바로 눈을 감고 뭐라 주문을 외웠다.

순간 동굴 안이 환하게 밝아졌다.

동시에 지저분했던 모든 것들이 먼지로 변해 바깥으로 쏟아져 나갔다.

"오오! 동굴이 넓어지다니!"

신기하게도 좁디좁았던 동굴이 그사이 몇 배는 더 커졌다. 뿐만 아니라 중앙에 소라 껍데기 형상의 예쁜 건물 하나가 생겨나 있었다.

칼리스의 안색이 환해졌다.

"저기가 내가 거할 처소인가 보구나. 벽에 기대 잠을 잘 일은 없으니 그나마 다행이로군."

"방이 두 칸뿐이니 각각 하나씩 쓸 거야."

소라 모양 건물의 내부는 두 칸의 방과 그 사이를 연결하는 거실로 이루어져 있었다.

그때 로이스가 동굴 앞에 나타났다.

"어라? 벌써 집이 생긴 거야?"

"네, 로이스 님. 어서 들어오세요."

이네르타가 반색하며 로이스를 맞이했다. 칼리스는 뭘 또 왔냐는 듯 시큰둥한 표정이었지만, 이네르타가 옆구리를 툭 찌르자 이내 빙긋 미소 지었다.

"어서 와라."

"반겨 줘서 고맙군."

로이스는 동굴 안을 신기하다는 듯 살폈다. 물론 전혀 대단할 건 없어 보였다. 릴리아나의 꽃밭이나 아스피스 성에 비하면 무슨 거지 소굴도 이런 거지 소굴이 없었다.

아니, 로이스의 부하 중 하나인 라크아쓰의 동굴도 이보다 수십 배는 더 크고 화려할 것이다.

로이스는 뭔가 안되어 보인다는 듯 말했다.

"역시 우물 하나 없네. 그래도 다 이렇게 시작하는 거야."

"우물이요?"

"맞아. 여긴 물속이니 우물은 필요 없겠구나."

"호호, 물이야 천지에 널려 있는걸요."

"어쨌든 달랑 자그만 건물 하나뿐이네."

"그건 그래요."

이네르타는 시무룩한 표정을 지었다. 로이스는 씩 웃었다.

"지금은 암울해 보여도 실망하지 마. 아시엘도 이런 초라한 곳에서 시작해 거대한 성을 만들었거든."

"고마워요, 로이스 님."

로이스가 격려해 주자 이네르타는 감동한 듯 눈물을 글썽였다. 로이스가 혀를 찼다.

"저 한심한 녀석 때문에 네가 많이 힘들 거야."

"말도 마세요. 그래도 로이스 님이 위로해 주셔서 덕분에 제가 살아갈 용기가 생겼어요."

그 모습을 본 칼리스가 못마땅한 듯 인상을 구겼다.

"볼일 다 봤으면 그만 나가는 것이 어떤가? 난 그만 쉬고 싶구나."

그러자 로이스가 무슨 소리냐는 듯 팔짱을 낀 채 그를 노려봤다.

"쉰다고? 지금 네 레벨에 잠이 와?"

"레벨? 그게 뭔데?"

칼리스가 고개를 갸웃했다. 로이스는 실소를 흘렸다. 하긴 레벨이 뭔지는 군주의 목걸이를 가진 로이스만이 이해할 수 있다. 칼리스로서는 무슨 말인지 알아들을 수 없을 것이다.

아무튼 레벨로 전투력을 따진다면 지금 칼리스는 레벨 1이 아니겠는가.

로이스는 예전 자신이 레벨 1이었던 때를 떠올렸다. 늑

대와 멧돼지들과 사투를 벌이며 어떻게든 레벨을 올리려고 기를 썼었다. 잠을 잘 때 빼고는 오직 수련, 수련, 또 수련을 하면서 살았다.

그런데 칼리스는 당장 쉴 생각부터 하고 있으니 기가 찼다.

"칼리스! 이네르타! 너희들은 오늘부터 매일 나와 수련을 할 것이다. 그렇게 알아라."

"수련이라고? 무슨 수련을 한다는 말이냐?"

칼리스는 강력한 거부감을 표시했다. 반면에 이네르타는 이게 웬 행운이냐는 듯 손뼉을 치며 좋아했다.

"고마워요, 로이스 님. 정말 열심히 할게요."

그녀의 전생은 수호룡이다. 당시의 전투력은 가히 하급 마왕과 맞먹는 수준. 그런 그녀를 무자비하게 때려눕힌 로이스의 전투력이 얼마나 막강할지는 굳이 따져 볼 필요도 없었다.

그런 로이스가 수련을 시켜 준다면 칼리스와 이네르타는 매우 빠른 속도로 강해질 것이다. 당연히 이네르타로서는 신이 날 일이었다.

*　　　*　　　*

그때 아스피스 성 릴리아나의 꽃밭.

자신의 방 침대 위에서 자고 있던 스텔라는 기지개를 쭉 폈다. 그러다 돌연 눈을 번쩍 뜨고는 잠시 혼란스러운 표정을 지었다.

'여기는?'

잠을 자고 일어났는데 낯선 장소에 와 있는 것만큼 당혹스러운 일은 없을 것이다.

물론 이곳은 그녀의 방이니 낯선 장소는 아니지만, 본래라면 마전함에 있는 그녀의 선실에서 깨어났어야 하는 것이다. 그녀는 로드 로이스를 따라 샤론 대륙을 여행 중이었으니까.

'근데 내가 왜 여기에 있는 거지?'

게다가 전신에 힘이 없고 뭔가 무력감도 밀려왔다. 잠을 자고 일어났을 때 이처럼 기운이 없던 적은 처음이었다.

'맞다. 나 죽었었지?'

스텔라는 문득 실소를 흘렸다.

그렇다. 그녀는 수호룡 이네르타와 싸우다 브레스를 맞고 즉사했다. 아니, 즉사 직전 릴리아나에게 소환되었을 것이다.

그래서 죽지 않고 살아 있는 것이다. 그래도 마치 죽었다가 부활한 느낌이었다.

'끔찍한 경험이었어.'

두 번 다시 겪고 싶지 않은 무서운 느낌이었다.

그대로 전신의 모든 것이 정지되어 버리는 극도의 절망감! 죽음이 뭔지 제대로 체험해 본 소감은 그냥 절대 죽지 말자였다.

"깨어났나요?"

그때 그녀의 앞에 누군가 나타났다. 환하게 웃고 있는 백색 꽃의 요정이었다.

"릴리아나 님!"

"좀 더 누워 있지 그래요. 충격이 심했을 테니 당분간 푹 쉬어요."

"면목이 없군요."

스텔라는 시무룩한 표정을 지었다. 그녀는 지금처럼 죽기 직전 소환되는 사태가 벌어지면 릴리아나가 적지 않은 미스토스를 사용해야 한다는 사실을 알고 있었다.

따라서 가능하면 그런 상황을 만들지 말았어야 하는 것이다.

미스토스는 로이스를 비롯한 모두에게 생명줄처럼 소중한 것이기 때문이다.

그래서 아주 호되게 혼이 날 것이라 생각했다.

릴리아나에게 말이다.

그러나 예상과 달리 릴리아나는 스텔라를 진심으로 걱정해 주고 위로해 주는 것이었다.

"스텔라, 그대가 이곳에 소환된 건 그만큼 로이스 님을 위해 최선을 다했다는 것을 의미하죠. 물론 가능하면 죽지 않아야 하지만, 이미 벌어진 일을 자책하지 말아요."

그 말과 함께 릴리아나는 하나의 물약을 건넸다.

"이걸 마셔요. 회복에 큰 도움이 될 거예요."

바브비즈의 농축액이라 불리는 특별한 약으로 죽음 직전 소환의 후유증을 없애 주고 빠른 회복을 도와주는 효능이 있었다. 따스한 김이 나는 것이 방금 전 만들어진 듯했다.

"고마워요, 릴리아나 님."

"따뜻할 때 어서 마셔요."

"네."

스텔라는 따스한 물약이 목 안으로 스며들자 신기하게도 무력감이 사라지고 금세 기운이 나는 듯했다.

스텔라는 즉시 최상의 상태를 회복했다. 동시에 자신을 걱정스러운 표정으로 바라보고 있는 릴리아나를 보며 마음으로도 위안을 받았다.

로드 로이스와 함께 그녀의 또 다른 상전으로 항상 어려운 존재였던 릴리아나.

그런 릴리아나가 지금은 왠지 가족처럼 친근하게 느껴졌던 것이다.

"앗, 그러고 보니 이럴 때가 아니에요. 저는 다 나았으니 당장 로드가 있는 곳으로 가야겠어요."

스텔라는 로이스가 있는 곳의 상황이 염려되어 다급히
말했다. 그러자 릴리아나가 미소 지었다.

"염려 말아요. 그대와 루니우스만 소환되었고 나머진 모
두 무사해요. 그리고 지금 로디아가 마전함을 이끌고 이쪽
으로 오고 있는 것 같아요. 그대와 루니우스를 데려가기 위
함이겠죠. 아직 하루 정도 시간이 남아 있으니 그사이 푹
쉬고 있어요."

"그렇군요."

스텔라는 로디아가 오고 있다는 소식에 반색했다. 그렇
지 않아도 어떻게 로이스가 있는 곳까지 찾아갈지 난감했
기 때문이다.

'그 수호룡은 어떻게 되었을까?'

두 번 다시 마주치고 싶지 않은 끔찍한 괴수였다. 따라서
루니우스조차 이곳으로 소환되고 말았던 것이다.

그러나 그 이후에 아무도 소환되지 않았다는 것은?

'설마 로드께서 그 수호룡을 해치운 걸까?'

그렇지 않다면 아이리스를 비롯해 로디아는 물론이고 로
이스도 모두 이곳에 소환되어 있어야 정상일 것이다.

'하긴 로드께서 맨손으로 나섰으면 수호룡도 별수 없었
겠지.'

그 장면을 직접 보지 못한 게 안타까울 뿐이었다.

그렇게 스텔라가 생각에 잠겨 있자 릴리아나가 작은 주머니를 쥐어 주며 말했다.

"답답하면 이곳에 있지 말고 성으로 나가 봐요. 외성에 있는 도시 루파인에도 가 보고요. 산책을 하다 보면 갑갑함이 좀 풀릴 거예요. 이걸로 맛있는 것도 실컷 사 먹도록 해요."

주머니에는 10베카가 들어 있었다. 스텔라의 표정이 환해졌다.

"고마워요, 릴리아나 님."

로이스 등이 무사한 걸 확인한 이상 그녀는 안심했다. 이제 하루의 휴가를 아주 즐겁게 보내다 로디아와 함께 다시 떠나면 될 것이다.

"참, 루니우스 님은 어떻게 됐죠?"

"그녀는 아까 깨어났어요. 지금쯤 성에 있는 그녀의 부친과 만나 모처럼의 시간을 보내고 있을 걸요."

"아, 그렇군요. 그럼 저도 나가 볼게요."

"즐거운 시간 보내요."

릴리아나는 빙긋 웃으며 스텔라를 꽃밭 결계 밖으로 보내 주었다.

Chapter 4
수련 지도 전술

도시 루파인.

이는 아스피스 성의 제1 외성에 위치한 거대한 도시로 멸망한 루파인 왕국의 유민들이 주된 구성원이었다.

사르곤 제국으로 끌려가 노예가 되어 있는 그들을 라테르 황제가 풀어 주었고, 그들을 아시엘이 이곳으로 데려와 도시를 만들어 주었던 것이다.

그 도시 동쪽 번화가에 위치한 길쭉한 원형 건물.

그곳 1층에는 맛있는 요리를 파는 식당이, 5층에는 멀리 북쪽 호수의 아름다운 절경까지 잘 보이는 전망 좋은 카페가 위치해 있었다.

말끔하게 차려입은 웨이터가 창가 테이블로 두 명의 손님을 안내했다.

"마침 이 자리가 비었군요. 전망이 아주 훌륭한 곳입니다. 용자의 기사이신 카로드 님이 이곳에 찾아 주셔서 정말 영광입니다."

"허허, 고맙네. 내 딸과 대화를 나누기 아주 적당한 곳이군. 앉거라, 루니우스."

"네, 아빠."

곧바로 테이블에 앉아서 담소를 나누기 시작하는 부녀.

바로 카로드와 루니우스였다.

루니우스는 릴리아나로부터 하루의 여유가 주어진 것을 알게 되자 곧바로 꽃밭을 나왔다. 그리고는 이곳 1층에 있는 식당에서 부친과 함께 푸짐한 요리로 식사를 한 후 5층으로 올라온 것이다.

"도시가 정말 깨끗하고 아름답군요. 사르곤 제국의 어디에서도 볼 수 없는 특이한 건축 양식들이 보여요. 대체 언제 이렇게 많은 건물들을 세웠을까요?"

"타르파 총사가 미스토스의 힘으로 만든 것이라고 하더구나."

카로드의 얼굴에는 미소가 그치질 않았다. 정말로 오랜만에 자신의 큰딸과 함께 맛있는 식사를 하고 차를 마시며 대화를 나누는 것이었으니까.

전망 좋은 이 카페에서는 향긋한 차는 물론이고 각종 주류도 팔고 있었다. 대낮부터 술을 마시는 이들도 있을 만큼 시끌벅적했다.

"성안에만 있으니 심심하지는 않으세요?"

"허허, 심심할 리가 있겠느냐? 요즘 스위니 경을 비롯해 성의 기사들과 병사들에게 검술을 가르치느라 쉴 틈도 없단다."

"모두들 무척 열심이더군요."

"그보다 넌 대체 어찌된 일이냐? 정말로 별일 없었느냐? 이제 식사도 마쳤으니 네게 솔직한 얘기가 듣고 싶구나."

"네? 그게 무슨 말씀이세요?"

"넌 별일 아니라 했지만 뭔가 이상해서 말이야. 로이스 님과 함께 성을 떠났는데 왜 갑자기 혼자 돌아온 것이냐?"

그 말에 루니우스는 뜨끔해하는 표정을 지었지만 이내 빙그레 웃으며 대답했다.

"특별한 임무 수행을 위해 수호 요정 릴리아나 님이 절 소환했을 뿐이에요. 덕분에 여유 시간도 주어져 아빠도 만나고 얼마나 좋아요?"

"허허, 그러냐? 앞으로도 종종 이런 기회가 있었으면 좋겠구나."

루니우스는 수호룡 이네르타와 싸우다 죽기 직전 소환 당했다는 얘기를 하면 부친이 크게 걱정할까 봐 사실대로 말할 수가 없었다.

그래서 대충 둘러댄 것이다.

그런데 그때.

"무엇이! 수호룡 이네르타? 그럼 드래곤이 나타났다는 겁니까?"

"흠, 글쎄! 하긴 수호룡이니 드래곤이라고 해도 되겠지. 하지만 그 녀석은 보통 드래곤이 아니었어. 아마 마왕과도 맞먹을지도 몰라."

"으으! 그렇게 강한 놈이었다니! 그래서 어떻게 됐는데요?"

"난 죽었지. 딱 한 방이었어. 브레스 한 방을 맞는 순간 정신이 아득해지더라고. 깨어나 보니 수호 요정의 결계 안에 있는 내 침대 위였어."

"그럼 죽었다 살아났다는 건가요?"

"엄밀히 말하면 죽기 직전 소환이랄까? 근데 그게 결국 죽었다 부활한 거나 다름없어."

"어떻게 그런 일이 가능하죠?"

"미스토스의 힘이라는 거야. 나도 설마 내가 죽음을 경험해 볼지는 상상도 못했어."

"기분이 어땠습니까?"

"아주 더러웠어. 두 번 다시 겪고 싶지 않은 일이야."

"하핫! 그럼 술로 그 기억을 씻어 내십시오!"

"맞아요. 어서 한 잔 쭉 드세요."

"호호, 좋아! 다들 한 잔씩 해!"

루니우스와 카로드가 식사를 하고 있는 테이블에서 멀지 않은 곳에 스텔라가 두 명의 남녀와 신나게 떠들며 먹고 마시고 있었다.

그들은 한스와 카나로 흑탑에서 스텔라 다음으로 가는 전투력의 소유자들이었다. 라테르 황제의 부탁으로 인해 흑탑의 탑주는 스텔라가 되었고 그 휘하 수천 명의 어새신들이 속해 있었는데, 이곳 아스피스 성에도 흑탑의 지부가 있었다.

그 지부장이 한스, 부지부장이 카나였다.

스텔라는 모처럼 하루의 여유가 생기자 흑탑 지부에 들러 부하들을 만난 것이다.

술이 한 잔 들어가 긴장이 풀린 스텔라는 적당히 과장도 섞어 가며 한스와 카나에게 인어국에서 있었던 이들을 얘기해 주는 중이었다.

"참, 그리고 보니 루니우스 후작은 어찌 되었습니까?"

"맞아요. 그녀는 그랜드 마스터이니 수호룡 이네르타를 이길 수 있을지 모르잖아요."

한스와 카나가 묻자 스텔라는 픽 웃으며 대답했다.

"그녀라고 별수 있었을까? 마왕 못지않은 드래곤 녀석을 무슨 수로 이겨? 아마 공격도 못 해 보고 한 방에 죽었을 거야."

한스가 기막히다는 듯 말했다.

"수호룡 이네르타는 정말 무서운 놈이군요. 그럼 그 루니우스 후작도 탑주처럼 죽었다 부활한 것입니까?"

"응, 그럴 거야."

순간 그 말을 듣고 있던 루니우스가 놀라 딸꾹질을 했다. 하마터면 마시고 있던 물을 쏟을 뻔했다.

그런 상황도 모르고 카나가 눈을 빛내며 말했다.

"아, 그러고 보니 아까 본 것 같았어요. 그녀의 부친 카로드 공작과 함께 있었던 것 같았는데…… 앗."

그녀는 말을 하다 돌연 입을 다물었다. 건너편 창가 쪽 테이블에 앉아 있는 두 명의 인물이 그녀를 노려보고 있었기 때문이었다.

다름 아닌 카로드와 루니우스.

스텔라 또한 고개를 돌려 그쪽을 쳐다보고는 어색한 미소를 지었다. 술을 마시며 얘기에 신나게 열중하다 보니 루니우스가 그쪽에 온 것을 눈치채지 못했던 것이다.

"언제 오셨나요, 루니우스 님?"

"방금 전에 왔어요."

루니우스가 고개를 살짝 끄덕이고는 힐끗 스텔라를 노려봤다.

"그보다 사실이 아닌 건 정정해야 되겠죠."

"정정이라뇨?"

"난 당신이 죽고 나서 바로 죽진 않았어요. 한 번은 공격했어요."

"아. 그랬군요."

그렇지 않아도 수호룡 이네르타에게 무력하게 당한 것에 대해 상심하고 있던 루니우스였다. 겉으로 내색하지 않았을 뿐 말이다.

무엇보다 적이 아무리 강하다 한들 한 번도 공격해 보지 못하고 죽었다는 건 그녀에게는 매우 수치스러운 일.

스텔라가 추측으로 대충 떠벌리는 내용이 그녀의 자존심을 살짝 건드렸던 것이다.

그러나 스텔라는 뭐 그런 걸 가지고 민감하게 그러느냐는 듯 어깨를 으쓱했다.

"그래서 그 녀석에게 타격을 좀 주었나요?"

"아뇨. 그냥 그것뿐이었죠."

"그럼 결과적으로 내 말이 맞잖아요."

"듣고 보니 그러네요."

루니우스는 뭐라 항변할 말이 없어 시무룩한 표정을 지었다. 그리고는 머쓱한 표정으로 부친 카로드를 바라봤다. 카로드는 놀란 듯 두 눈을 크게 뜨고 그녀를 쳐다보고 있었다.

"어찌 된 일이냐? 죽었다 살아났다니. 그게 사실이냐?"

"걱정하지 말아요, 아빠. 수호 요정의 보호로 인해 저는 죽어도 부활하게 돼요. 미스토스의 힘으로 인해 생명의 근원을 수호 요정이 보호하고 있거든요."

죽었다 살아난 사실을 숨기려 했는데 스텔라로 인해 들키고 말았으니 이제 어쩔 수 없이 사실대로 말해야 했다.

사정을 듣자 카로드는 고개를 끄덕였다.

"하긴 나 또한 용자의 기사가 될 때 그런 얘기를 들었다. 용자의 기사들은 미스토스의 은총을 받은 터라 적에게 죽어도 이 성에서 다시 부활한다고 하더구나. 워낙 허무맹랑한 얘기라 그냥 그러려니 했더니, 정말로 그게 가능한가 보군."

루니우스가 씁쓸히 웃었다.

"다행스러운 일이죠. 하지만 가능하면 죽는 경험은 하지 않는 게 좋아요."

"허허, 물론이다. 그런데 네가 그렇게 무력하게 당하다니 수호룡 이네르타가 그렇게 강한 존재이더냐?"

"얼마 전 절대공검보다 한 단계 높은 경지에 이르렀지만 그조차도 통하지 않았어요. 정말로 무서운 상대였죠."

"무엇이! 절대공검의 다음 경지에 이르렀다니, 그게 정말이냐?"

"네, 아빠."

루니우스는 성장의 선물인 그림자 스승을 통해 자신의 경지가 높아진 것에 대해 얘기해 주었다. 그러자 카로드는 벌떡 일어나더니 루니우스의 손목을 잡아끌고 나갔다.

"그럼 이러고 있을 때가 아니지. 어서 수련장으로 가자꾸나. 오랜 가문의 숙원이었던 절대공검의 다음 경지가 어떤 것인지 내 눈으로 직접 보아야겠다. 실은 나 또한 최근에 새로운 경지를 하나 깨달은 것이 있는데 그것과 비교해보고 싶구나."

"네, 아빠. 저도 바라던 바예요."

루니우스도 부친이 새로운 검의 경지를 깨달았다는 말에 반색했다. 그들은 마시던 차도 비우지 않고 다급히 수련장을 향해 이동했다.

수련에 미쳐있는 검귀들. 그 아버지에 그 딸이었다.

스텔라가 다시 어깨를 으쓱하더니 한숨을 내쉬었다.

"나도 어지간히 수련광이지만 저들은 정말 강적들이야. 특히 루니우스 후작은 도무지 따라갈 수가 없다고!"

그러자 한스가 히죽 웃었다.

"그냥 탑주는 탑주의 방식대로 사는 겁니다. 공연히 남과 비교해 봤자 불행하기만 할 뿐이죠."

"네 말이 맞아. 그런 의미에서 다시 한 잔씩 어때?"

"흐흐, 좋습니다."

"호호, 좋아요."

그렇게 스텔라는 한스와 카나와 신나게 다시 술을 마시기 시작했다. 그러다 일순 한 가지가 떠올라 물었다.

"참, 혹시 도망간 대마법사 나칸의 종적에 대해 알아낸 것 있어?"

한스가 대답했다.

"전혀 없습니다. 흑탑의 일원들이 라키아 대륙 쪽을 샅샅이 뒤지고 있지만 아직 찾지 못했습니다."

스텔라가 고개를 끄덕였다.

"역시 그는 라키아 대륙이 아닌 다른 곳으로 간 게 분명해. 어쩌면 이곳 샤론 대륙 어딘가에 그가 있을지도 몰라."

"저도 그렇게 생각하고 있습니다. 황제 폐하께서 이 성에 흑탑 지부를 세운 것도 나칸의 행적을 쫓기 위함입니다."

"좋아. 혹시 모르니 잘 살펴봐. 그가 언제 아스피스 성을 노릴지 모르거든."

"알겠습니다, 탑주."

*   *   *

한편 그때 로이스는 칼리스와 이네르타를 동굴에서 불러냈다.

"다들 나와라."

"또 무슨 일이야?"

막 소라 껍데기 형상의 건물 방 안에서 잠을 청하려던 칼리스는 못마땅한 표정으로 나와 로이스를 노려봤다.

반면에 집사 이네르타는 로이스가 무엇 때문에 자신들을 불렀는지 알고 있는 듯 기대감이 가득한 눈빛이었다.

"벌써 수련을 시작하려는 건가요?"

"물론이야. 각자 자신 있는 무기를 꺼내라."

그러자 이네르타는 작은 완드를 하나 빼 들며 말했다.

"저는 이걸로 하겠어요. 공격보다는 치료를 해 주며 칼리스 님을 보조해 주는 능력에 특화되어 있거든요."

"그래?"

그렇다면 이네르타에게는 로이스가 뭔가를 가르쳐 줄 것이 없었다. 마법에 대해서는 로이스도 모르기 때문이다.

"그럼 넌?"

로이스는 칼리스를 보며 물었다.

그러자 칼리스는 허리에 차고 있던 검을 빼 들었다.

"이걸로 하겠다."

"검술을 배웠어?"

"물론이야. 검술이라면 좀 알고 있다. 다만 마나를 거의 쓸 수 없다보니 위력은 별로지만."

"좋아. 그나마 쓸 만한 구석이 있었군."

로이스는 칼리스가 검술을 알고 있다는 말을 하자 다시 봤다는 듯 흐뭇한 표정을 지었다. 만약 무기도 없이 그냥 맨손으로 싸우겠다는 말을 했다면 수련 전에 손을 좀 봐 줬을 것이다.

칼리스는 인상을 구겼다.

"수련을 할 거면 빨리 시작해라. 끝내고 쉬어야겠다."

"시작도 하기 전에 벌써 쉴 생각부터 하는 거냐?"

로이스는 못마땅한 표정으로 칼리스를 노려보고는 이내 이네르타를 향해 말했다.

"넌 치유형 마법사라고 했으니 칼리스가 상처를 입으면 머뭇거리지 말고 치료 마법을 펼쳐! 정신 바짝 차리는 게 좋을 거야. 치료가 늦으면 칼리스는 죽고 말 테니까."

"네, 로이스 님."

로이스의 눈빛이 심상치 않았기에 이네르타는 잔뜩 긴장한 표정이었다.

곧바로 로이스는 아공간의 창고에서 검 하나를 꺼내 쥐었다. 그냥 가장 허접해 보이는 걸 꺼낸 거지만 그래도 사르곤 제국의 황궁 보고에 있던 물건이다 보니 평범한 검은 아니었다.

백색으로 번쩍이는 검신에는 은은하게 드래곤 형상의 무늬가 번쩍이고 있었고 자루는 진귀한 보석들로 도배되어 있었다.

살펴보니 희귀 등급의 무기였다.

물론 차원풍이라는 것이 불면 먼지로 변해 버릴 터라 계속 사용하기에는 무리가 있겠지만, 잠깐 꺼내 쓰는 데는 상관없을 것이다.

굳이 이 검을 꺼낸 이유는 로이스의 마검은 위력이 너무 강해 수련용으로 적당하지 않기 때문이었다. 적어도 오러 블레이드 정도로 막아 내지 않으면 마검과 부딪히는 순간 검이 부서져 버릴 테니까.

더구나 마검의 결계에 존재하는 다켈의 능력이 높아질수록 마검의 위력도 늘어난다. 다켈 또한 성장의 선물인 그림자 스승을 통해 강해지고 있는 터라 마검의 위력은 알아서 매일 증가하고 있었다.

그런 마검 다켈을 칼리스를 향해 휘둘렀다간 수련이고 뭐고 없이 그냥 단번에 두 쪽이 나 버리고 말 것이다.

그래서 로이스는 아주 평범한(?) 희귀 등급의 검을 들고는 칼리스를 노려보며 외쳤다.

"덤벼! 최선을 다해서 날 공격해! 날 죽여도 상관없어."

"못할 것 없지."

칼리스는 그렇지 않아도 로이스가 못마땅한 터라 사정을 봐주지 않고 검을 휘둘렀다.

"으하하하! 죽어라! 이 무도한 인간 놈아!"

칼리스의 검이 로이스의 가슴을 찔러 왔다.

촤아악!

그는 머맨이다 보니 그 특유의 강점이 존재했다. 물의 저항을 거의 무시한 채 자유롭게 유영하며 공격할 수 있다는 것이었다. 지상으로 치면 허공을 날아다니며 적을 공격할 수 있는 것이나 마찬가지다.

즉, 머맨 특유의 쾌속한 움직임은 그와 같은 능력이 없는 적에게 매우 강력한 위력을 발휘할 것이다. 물론 로이스에게는 별것 아니었지만.

"멍청이! 그렇게 뻔한 공격에 맞을 바보가 있겠냐?"

캉!

로이스가 검을 가볍게 쳐 내자 칼리스는 금세 뒤로 물러났다가 다시 반대편 방향으로 접근해 왔다.

"흐흐, 그럼 이건 어떠냐?"

칼리스의 검이 물살을 가르며 날아들었다. 수중에서 눈 깜짝할 사이에 거리를 좁혀 날리는 검격! 보통의 인간 검사들이라면 꽤나 고전했을 것이다.

로이스는 미소 지었다.

"이건 제법 쓸 만하네."

캉! 추확!

그러나 로이스는 그것을 가볍게 쳐 낸 후 칼리스의 옆구리를 베어 버렸다.

"크으윽!"

칼리스의 옆구리가 갈라지며 피가 새 나왔다. 딱 봐도 가벼운 상처가 아니었다. 이대로 놔두면 출혈 과다로 죽을 수도 있을 만한 중상이었다.

그러나 다행히 이네르타가 잽싸게 치유 마법을 펼쳐 칼리스를 치료했다.

"염려 마, 칼리스. 내가 치료해 줄게."

화악! 화악! 화악!

한 번으로는 어림도 없는 터라 이네르타는 치료 주문을 몇 번이고 반복했다. 그러자 심하게 갈라졌던 칼리스의 옆구리가 조금씩 아물기 시작했다.

"으으, 아무리 그래도 진짜로 베다니! 이런 수련이 어디에 있다는 말이냐? 이건 수련이 아니라고!"

칼리스가 로이스를 잡아먹을 듯 노려봤다. 로이스는 코웃음 쳤다.

"그럼 내가 물어보마. 어떻게 하는 게 수련이지?"

"그런 걸 지금 질문이라고 하느냐? 빈틈이 보이면 그 부분을 가볍게 두드려 주는 것만으로도 충분한 것이다. 굳이 상처를 내지 말고 말이야. 그 정도면 난 다 알아듣고 다음부터 고치려 노력할 것이다."

"흥! 그런 식의 수련이 무슨 도움이 될까? 피하거나 막아 내지 않으면 죽는다는 생각으로 수련하지 않으면 실력이 조금도 늘지 않는다."

그 말과 함께 로이스는 방금 전 갈랐던 칼리스의 옆구리를 향해 검을 휘둘렀다. 이에 기겁한 칼리스가 필사적으로 검을 휘둘러 막았다.

카앙!

어떻게 막았는지 모른다. 막지 않으면 정말로 죽을지도 모른다는 생각에 그의 몸이 저절로 반응하며 움직인 것이었다.

아니, 못 막았으면 정말 죽었을 것이다.

이네르타의 치유 마법 덕분에 그나마 간신히 출혈만 멈춰 있는 상태의 옆구리였기 때문이다.

거기가 또 검에 갈라진다면 옆구리 정도가 아니라 아예 몸통이 두 쪽 나 버렸을 것이다.

칼리스는 기가 찬 듯 로이스를 노려봤다.

"네놈은 정말로 날 죽일 셈이냐?"

"멍청한 녀석 같으니! 방금 전 네가 내 공격을 막아 낼 수 있었던 이유가 뭐라 생각해?"

"그걸 지금 질문이라 하느냐? 네놈의 그 검을 막지 않았으면 난 죽었을 것이다."

순간 로이스의 입가에 미소가 살짝 피어났다.

"바로 그거야. 막지 않으면 죽는다는 생각! 그렇게 필사적으로 수련을 해야 조금씩 실력이 느는 거야."

그 말이 끝나자마자 로이스는 다시 칼리스의 옆구리를 향해 검을 휘둘렀다. 아까보다 좀 더 빠른 속도였지만 칼리스는 기를 쓰고 막았다.

카앙!

칼리스가 히죽 웃었다.

"흐흐, 내가 또 당할 것 같으냐?"

확실히 한 번 옆구리를 호되게 베어 보니 그 부분은 확실히 대비하고 있었다. 마치 옆구리 자체가 스스로 살기 위해 칼리스의 검을 움직이고 있는 듯했다.

촤악!

그런데 이번엔 칼리스의 반대편 옆구리가 갈라지며 피가 튀었다.

"크으윽! 이, 이런!"

"설마 내가 한쪽만 공격할 거라 생각한 건 아니겠지?"

"다, 닥쳐라. 이 비겁한 놈! 말을 하는데 공격하는 법이 어디 있느냐? 크으윽⋯⋯."

칼리스는 고통에 몸부림을 쳤다. 그사이 이네르타가 황급히 치유 마법을 펼쳐 옆구리의 출혈을 막았다.

그러자 로이스의 검이 다시 그쪽으로 날아들었다.

카앙!

칼리스는 죽을힘을 다해 막았다. 얼마나 필사적이었는지 그의 두 눈이 붉게 충혈 되어 있었다.

"에잇! 뒈져랏!"

뿐만 아니라 로이스를 향해 매섭게 검을 휘두르기도 했다.

캉!

로이스는 그 공격을 가볍게 쳐 낸 후 이번에는 갑자기 칼리스 뒤쪽에서 치유 마법을 펼치고 있는 이네르타를 공격했다.

촤악!

"아아악!"

이네르타의 옆구리가 갈라졌다. 그녀는 비명을 지르며 뒤로 밀려났다.

"으윽! 왜, 왜 나까지⋯⋯? 정말 너무해요!"

이네르타는 눈물까지 글썽이며 로이스를 원망스레 노려봤다. 로이스는 어이가 없어서 한숨이 나왔다.

"정말로 그걸 몰라서 묻는 거냐? 역시나 넌 수호룡으로

서의 모든 기억을 다 잃어버린 게 분명해. 그 기억이 조금이라도 남아 있다면 이 정도를 모르지 않을 텐데."

"모르겠어요. 아무 것도 기억이 안 나요."

이네르타는 그냥 자신의 전생이 수호룡이었다는 사실만 기억할 뿐 그사이 또 모든 기억이 사라진 터였다. 조금 지나면 그조차도 떠오르지 않을 것이다.

"그럼 이제부터 새로 배운다 생각하고 잘 기억해 둬. 적들이 나타나면 칼리스보다 널 먼저 죽이려 할 거야. 애써 공격해서 상처를 입혀 놓으면 네가 말끔하게 치료를 해 버리니 화가 치밀지 않겠어?"

"그건 그렇군요. 저 또한 적의 공격에 대비해야겠죠."

이네르타는 무슨 뜻인지 알았다는 듯 고개를 끄덕였다.

"그래. 또한 칼리스 너도 마찬가지야. 너만 살겠다고 이네르타가 죽든지 말든지 신경 쓰지 않으면 널 치료해 주는 가장 든든한 우군을 먼저 잃게 될 거야. 살고 싶으면 네 목숨처럼 이네르타를 보호해."

"제길! 잔소리도 많군. 하지만 네 말이 맞는다는 건 인정하겠다."

칼리스는 여전히 불만스러운 표정으로 투덜댔지만 로이스가 말한 내용을 받아들이는 기색이었다.

그때 로이스는 군주의 목걸이가 빛나며 나타난 글자들을

보며 깜짝 놀랐다.

　[미스토스의 은총이 당신의 노력에 대한 보상을 줍니다.]
　[당신은 수련 지도 전술을 각성했습니다.]
　[이는 미스토스 상급 기사만이 각성할 수 있는 능력으로 이후로 당신이 누군가를 수련시키는 게 수월해집니다. 동시에 당신의 지도를 받은 수련자의 수련 효율이 높아집니다.]

　[당신의 수련 지도 전술이 1단계가 되었습니다.]
　[당신의 전투력이 소폭 상승했습니다.]
　[당신의 최대 맷집과 최대 미흐가 소폭 상승했습니다.]

　* 수련 지도(1단계)
　―대상을 수련시킬 수 있는 능력.
　―미흐의 소모 없이 저절로 발동됨.
　―전술의 단계가 상승하면 수련자의 수련 효율은 더욱 증가함.
　―수련자의 전투력이 상승하면 수련 지도자의

전투력도 소폭 상승. 전술의 단계가 높아질수록 전
투력 상승폭은 커짐.

'오! 이건?'

로이스는 칼리스와 이네르타가 차마 그대로 두고 볼 수 없
을 만큼 어설퍼 보여서 귀찮지만 수련을 시켜 준 것뿐이었다.

그런데 그로 인해 이런 엄청난 전술이 생겨날 줄이야.

'이 말대로라면 남을 가르쳐 주는 것만으로도 내 전투력
이 올라간다는 거네?'

과연 틀림없었다.

　이름 [로이스]

　레벨 [상급 8]

　칭호 [마검 다첼의 주인]

　신분 [미스토스 상급 기사]

　맷집 17122/17122

　미흐 19131/19131 (17131+2000)

비록 소폭이지만 전투력이 상승했기 때문이다. 덩달아
최대 맷집과 최대 미흐도 상승한 상태였다.

'후후, 그렇다면 더 많이 가르쳐야겠군.'

로이스는 잘됐다 싶었다. 솔직히 미스토스 군주가 되기 위한 임무만 아니라면 칼리스 같이 한심한 녀석을 제대로 된 용자로 만들어 보겠다고 시간을 허비하지 않았을 것이다.

물론 언젠가 칼리스가 진정한 용자로 거듭난다면 지금의 과정은 무척 보람찬 경험으로 남겠지만, 사실 그 과정 자체는 로이스에게 매우 지루한 것이 아닐 수 없었다.

그러나 가르치는 것만으로도 전투력이 올라간다면 그 시간이 결코 지루하지 않을 것이다. 칼리스 등을 수련시켜 주는 것 자체가 로이스에게도 수련의 시간이 될 테니 말이다.

"그럼 다시 시작이다. 방금 전 배운 걸 반복할 테니 정신 똑바로 차리도록 해."

"으! 뭘 또 시작한단 말이냐! 오늘 수련은 이만하고 내일 다시 하는 게 어떠냐?"

칼리스가 기겁해 하며 항의했지만 로이스는 어림없다는 듯 검을 휘둘렀다.

촤악!

이번에는 옆구리가 아닌 하체였다. 인간으로 치면 허벅지 부근이지만 머맨이다 보니 물고기 형상의 하체 부분이었다.

"크으윽! 그, 그곳은……."

칼리스가 두 눈을 부릅떴다. 로이스는 흠칫했다.

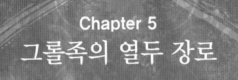

Chapter 5
그롤족의 열두 장로

칼리스의 얼굴은 고통으로 가득했다. 물론 검에 살이 갈라졌으니 당연히 아플 것이다.

다만 혹시라도 차마 말로 할 수 없는 중요한 부분에 검을 맞은 것은 아닌가 싶었다.

그렇지 않았다면 칼리스가 '그, 그곳은!' 하면서 저리 절망스러워하는 표정을 짓지는 않았을 것이다.

로이스가 체란산에서 읽었던 소설들 중에서 남성들이 그 부분을 못 쓰게 되자 매우 절망적으로 절규했던 장면이 있었다.

'그 소설이 무한의 강화사였던가?'

아무튼 그 소설의 주인공인 용자 카론이 자신과 적대 관계에 있던 남성 다크 엘프들의 정력을 무자비하게 봉인해 버렸던 것이다.

크아아악! 내가 고자라니, 라며 울부짖던 남성 다크 엘프들의 분노 어린 절규!

왠지 칼리스의 표정에서 짙은 절망과 당혹스러움이 교차되어 있는 것이 마치 그 상황과 비슷해 보였다.

'설마 그런 일이 벌어졌다 해도 치료하면 될 거야.'

미스토스의 힘을 쓸 수 있는 용자와 집사라면 충분히 가능한 일이니 말이다. 죽었다 부활도 가능한데 그 정도쯤이야 뭐 어려울까?

그래도 왠지 로이스는 미안해하는 표정으로 칼리스를 쳐다봤다.

"괜찮은 거야?"

그런데 그사이 칼리스의 표정은 살짝 밝아져 있었다. 고통 중에도 뭔가 안도하는 표정이랄까? 다행히 로이스가 우려하는 그쪽에는 검이 스치지 않은 모양이었다.

"이 나쁜 놈아! 하마터면 큰일 날 뻔했지 않으냐? 네놈도 남자라면 최소한의 예의는 지켜라!"

곧바로 로이스를 향해 고래고래 소리를 지르기는 했다.

화악! 화악! 화악!

그때 이네르타가 연거푸 치유 마법을 펼쳐 칼리스의 상처는 모두 아물었다.

'머맨의 하체를 공격할 땐 조심해야겠네.'

인간이 아닌 인어 즉, 머맨이다 보니 신체 구조상 생소한 부분이 많았다.

그러나 로이스는 그런 내심과는 달리 한심하다는 듯 칼리스를 노려봤다.

"그토록 중요한 곳이면 알아서 잘 막았어야지. 설마 아즈검이나 매브왕 같은 괴수어들이 예의를 차려서 공격을 할 거라 생각해?"

칼리스는 인상을 구기며 고개를 끄덕였다.

"너는 마음에 들지 않지만 네가 하는 말은 다 맞는 말이군."

그래도 인정할 건 인정할 줄 아는 녀석이었다. 그것이 그나마 로이스가 희망적이라 생각하는 부분이었다.

"그럼 또 공격할 테니 집중해라."

로이스는 다시 검을 휘둘렀다.

캉! 카캉!

과연 정신이 번쩍 들었는지 그 이후에는 칼리스가 필사적으로 막아 냈다. 옆구리를 비롯한 상체뿐 아니라 하체도 잘 방어했다.

또한 간혹 로이스가 이네르타를 공격하려 하면 잽싸게 이네르타의 앞을 막아서며 그녀를 보호하는 모습도 보였다.

물론 로이스는 칼리스가 전력을 다하면 막거나 피할 수 있는 정도로만 공격을 했기에 그것이 가능한 것이었다.

만약 그러지 않았다면 칼리스는 로이스의 어떤 공격도 막아 내지 못했을 것이다.

[당신의 지도로 칼리스와 이네르타의 전투력이 대폭 상승했습니다.]

[당신의 전투력이 소폭 상승했습니다.]

[당신의 최대 맷집과 최대 미흐가 소폭 상승했습니다.]

그때 군주의 목걸이가 알려 준 내용을 통해 로이스는 칼리스와 이네르타의 전투력이 크게 상승했음을 알 수 있었다.

특히 칼리스는 자신의 마나가 대폭 늘어난 것을 보고 깜짝 놀랐다.

'이건 좀 이상하구나. 뭔가 강해진 느낌이야.'

다른 머맨이나 머메이드들과 달리 그의 마나는 아주 소

량만 신체에 쌓일 뿐, 그 이상 늘어나지 않았기 때문이다.

그로 인해 좌절했던 세월이 얼마였던가.

용맹하지 못한 왕이라 무시받으며 천덕꾸러기로 지내온 세월은 또 얼마였던가.

그런데 샤론 대륙으로 나와서 용자의 서약을 한 후 수련 한 번 했을 뿐인데, 그 저주 같았던 한계가 사라졌다.

'이런 줄 알았다면……'

정말 이렇게 저주가 풀릴 줄 알았다면 좀 더 빨리 샤론 대륙으로 나왔을 텐데.

궁전에서 도피하고 숨어 있었던 시간들이 왠지 후회스러웠다.

그때 이네르타 역시 뭔가 몸에 변화가 생겼는지 상기된 표정이었다.

미스토스의 은총이 그녀에게도 수련에 대한 보상을 준 것이다.

동시에 그와 같은 수련을 지도해 준 로이스의 전술 능력도 한 단계 상승했다.

[당신의 수련 지도 전술이 2단계가 되었습니다.]
[이후로 수련 지도가 더욱 수월해집니다. 수련자 는 당신의 가르침을 좀 더 쉽게 깨우치게 될 것입니

다.]

로이스는 흐뭇하게 웃었다.

"다들 강해졌겠지. 그럼 또 수련을 시작해 볼까?"

"잠깐! 설마 또 수련을 한다는 거냐?"

"그럼 달리 할 게 있어? 중요한 일이 있다면 수련은 미뤄 줄 수 있다."

로이스의 말에 칼리스는 뭐라 대답하지 못했다.

당연히 달리 할 것이 없다.

잠을 자거나 쉰다고 해 봤자 그런 건 로이스에게 통하지 않을 것이다.

결국 칼리스와 이네르타는 다시금 수련에 돌입해야 했다.

그렇게 로이스가 칼리스와 이네르타를 미친 듯 몰아붙이는 모습을 아이리스는 멀리 소형 마전함 안에서 지켜봤다.

'저런 식의 수련이라면 머맨 왕이 빨리 강해질 수는 있겠구나.'

하지만 그가 왠지 불쌍하게 느껴졌다. 로이스의 수련 방식이 워낙 과격해서 쳐다보는 것만으로도 가슴이 서늘할 정도였으니까.

스텔라가 얼마 전부터 로이스와 결투를 벌이는 것을 꺼

려 했는데, 아이리스는 이제야 그녀의 심정을 이해할 것 같
았다.

*   *   *

한편 칼리스의 동굴로부터 멀리 떨어져 있는 한 거대한
지하 수중 동굴.

동굴의 크기만 어지간한 왕국이라 봐도 될 정도로 거대
한 규모였다.

그 안엔 온갖 거대 물고기 형상의 괴수어들이 득실거리
고 있었다.

이 동굴이 바로 피룬 호수의 지배자를 자칭하는 그롤들
의 소굴이었다.

이 동굴의 중심에 위치한 또 하나의 동굴.

그곳에는 붉은색의 뿔 세 개가 머리에 박혀 있는 거대 물
뱀 형상의 괴수 열두 마리가 모여 있었는데, 이들이 바로
그롤들을 통치하는 원로들이었다.

이른바 12장로라 불리는 이들은 모두 매브왕들이었고,
바로 이들의 회의에 의해 그롤들의 모든 운명이 결정되었
다.

이 12장로 중 우두머리는 수석 장로 갈루드!

사실상 그롤족의 우두머리라 할 수 있는 그는 매브왕들 중에서도 가장 거대한 몸체를 가지고 있었으며, 전신이 피처럼 붉은 비늘로 뒤덮여 있어 언뜻 보면 신화 속의 드래곤을 연상케 할 정도였다.

갈루드가 다른 11장로들을 노려보며 말했다.

"그대들에게 알려 줄 두 가지 소식이 있다. 하나는 좋은 소식이며, 다른 하나는 상당히 불쾌한 소식이다. 무엇을 먼저 듣고 싶은가?"

그러자 장로들은 일제히 대답했다.

"불쾌한 소식부터 알려 주시지요, 갈루드 님. 그리고 나중에 좋은 소식을 듣고 싶습니다."

순간 갈루드의 두 눈에서 붉은 빛이 번쩍였다.

"좋다. 불쾌한 소식은 이곳 피룬 호수에 용자가 나타났다는 것이다. 물론 그 용자는 인어국의 무능한 애송이 칼리스란 녀석이니 그다지 신경 쓸 것도 없지만, 그래도 용자가 피룬 호수에 있다는 것은 용납할 수 없는 일이다. 피룬 호수의 지배자는 우리 그롤들이기 때문이다."

그러자 매브왕 장로들이 모두 분노한 듯 이를 갈았다.

"크으으! 용자는 최대한 빨리 없애야 합니다. 그대로 놔두면 나중에는 매우 번거로운 일이 벌어질 수도 있습니다."

"맞습니다, 갈루드 님. 당장 공격해야 합니다."

"이 회의가 끝나는 즉시 용맹한 그롤 전사들을 보내 용자를 제거해야 합니다."

갈루드가 차갑게 웃었다.

"그건 당연한 일이다. 이제 막 샤론 대륙으로 나와 용자의 서약을 한 풋내기 용자 따위를 없애는 건 우리 그롤들에겐 매우 쉬운 일이지. 그럼 이제 좋은 소식을 들려주도록 하마."

"어서 알려 주십시오, 갈루드 님."

"과연 어떤 소식일지 궁금하옵니다."

매브왕 장로들이 모두 호기심을 보이며 눈을 빛냈다. 그러자 갈루드가 의미심장하게 웃으며 말했다.

"인어국을 지키던 수호룡 이네르타가 사라졌다."

순간 매브왕 장로들이 모두 경악한 듯 입을 쩍 벌렸다.

"그, 그게 정말이옵니까?"

"그 끔찍한 이네르타가 정말 사라진 것이 사실입니까?"

그롤들은 항상 인어국을 멸망시키려고 호시탐탐 노리고 있었다.

그러나 그곳엔 간혹 수호룡 이네르타가 나타나 공격을 해 오는 터라 인어국 점령은 항상 실패로 돌아갔다.

"그렇다. 그 찢어 죽여도 시원찮을 이네르타로 인해 그간 우리가 입은 피해가 얼마더냐? 이제 이네르타가 죽었으니 인어국을 우리가 점령하는 건 시간문제이리라."

"카카카카! 옳은 말씀입니다. 이제야 인어국이 우리 그롤들의 지배하에 들어오게 되었군요."

"키키킥! 도도했던 머맨과 머메이드들을 노예로 부릴 생각을 하니 신이 나 미칠 지경입니다."

매브왕 장로들의 얼굴엔 희색이 만면했다. 그야말로 잔치 분위기였다.

그런데 유독 7장로 툴라는 표정이 굳어 있었다.

"갈루드 님 상황이 그리 좋게 돌아가는 것만은 아닌 것 같습니다만."

"그게 무슨 말인가, 칠 장로?"

갈루드를 비롯한 장로들의 시선이 7장로 툴라를 향했다. 툴라가 갈루드의 눈치를 살피며 말했다.

"실은 제 휘하의 군단 하나가 얼마 전 웬 정체불명의 인간 놈에게 무참히 당했습니다. 군단장이 죽었고 아즈검도 수십 명이나 희생이 되었지요."

그러자 장로들이 깜짝 놀라는 표정을 지었다.

"무엇이! 그게 사실이오?"

"군단장이 당했다는 것이 틀림없소?"

"대체 그 인간이 누구인 것이오?"

이는 매우 충격적인 일이었다. 특히 그롤족의 모든 편제에서 군단장은 반드시 매브왕들이 맡게 되어 있었다. 군단장이 죽었다는 건 곧 매브왕 중 하나가 죽었다는 말이었다.

갈루드 역시 인상을 딱딱하게 굳혔다.

"왜 그토록 중요한 사실을 이제야 보고하는 것인가?"

"실은 먼저 그 인간 놈을 처리한 후에 결과를 보고하려고 했지요. 비록 군단장이 죽긴 했지만 그래 봤자 장로 회의에 올릴 만큼 대단한 일은 아니라 생각되어……."

"닥쳐라. 정체불명의 적에게 군단 하나가 참패하고 군단장이 죽었는데 어찌 그게 대단한 일이 아니라는 말인가."

"면목 없사옵니다."

툴라는 고개를 숙였다. 사실 그 일은 매우 중대한 일이었다. 자칫 그의 장로 자격이 박탈될 수도 있기 때문이었다.

갈루드가 툴라를 잡아먹을 듯 노려봤다.

"그대가 그 인간 놈을 처리한 후에 보고하면 추궁을 덜 받을 것이라 생각한 모양이로군. 그래서 그 인간 놈의 정체는 알아냈는가?"

"아직은 아닙니다. 다만 저는 이번에 갑자기 그 아둔하고 겁 많은 머맨 왕 칼리스가 용자가 된 것과 수호룡 이네르타가 사라진 것이 모두 그 인간 놈과 관련이 있다 생각하고 있습니다."

그러자 갈루드는 두 눈을 붉게 번뜩였다.

"설마 그대는 그 인간 놈이 수호룡 이네르타를 해치웠다 보는 건가?"

"그렇지 않다면 갑자기 수호룡 이네르타가 사라지고 아둔했던 머맨 왕 칼리스가 용자가 될 리는 없지 않겠사옵니까? 제가 그 인간 놈을 과대평가하는 것인지 모릅니다만 뭔가 찜찜하옵니다. 분명 뭔가 연결 고리가 있을 것입니다."

그러자 다른 장로들이 어이가 없다는 듯 코웃음을 날렸다.

"큭! 칠 장로께서는 책임을 회피하려 별 말도 안 되는 수작을 부리고 계시오. 어찌 한낱 인간 따위가 수호룡 이네르타를 이길 수 있다는 말이오?"

"크크크! 이네르타는 우리 열두 장로가 한 번에 덤벼도 이길 수 없는 무서운 존재란 걸 잊었소?"

"수호룡 이네르타는 그 수명이 다 되어 죽은 것이 분명하오. 그 기회를 틈 타 머맨 왕이 샤론 대륙으로 나와 용자의 서약을 한 것이 아니겠소? 내 말이 틀렸소, 칠 장로? 어디 할 말이 있으면 해 보시오."

"그게……."

툴라 역시 뭐라 할 말이 없는지 인상을 찌푸리고만 있었다.

자신 휘하의 군단장이 죽은 것에 대해 뭔가 그럴듯한 이유를 추측해 내긴 했지만, 한낱 인간이 미증유의 능력을 가진 수호룡 이네르타를 해치웠다는 건 아무리 생각해 봐도 말이 안 되는 일이었던 것이다.

그러나 수석 장로 갈루드는 생각이 달랐다.

"모두 조용하라. 나는 칠 장로의 주장이 비록 황당하기는 하지만 그냥 무시할 수도 없다 본다. 그 인간 놈의 배후에 누군가 있을지 모르지. 혹시 마족들이라도 있을지 어찌 아느냐? 그들도 호시탐탐 인어국을 노리고 있었으니까."

"하오나 수호룡 이네르타와 대적하려면 마족들로는 어림도 없습니다. 마왕이라도 나타난다면 모를까."

"마왕이 나타났을 리는 없소. 마왕들은 대마왕 불칸의 부활을 위해 당분간 직접 활동을 하지 않고 있다고 들었소만."

그러자 갈루드의 눈빛이 어둡게 번쩍였다.

"대마왕 불칸의 부활이 얼마 남지 않았다는 건 모두 아는 사실이지. 어쩌면 이미 마왕들이 하나둘 활동을 재개하고 있을지도 모른다. 만일 그들이 먼저 움직이면 피론 호수를 우리 그롤들의 지배하에 두려는 계획은 포기해야 할 수도 있어."

"그렇습니다, 갈루드 님. 인어국은 이 방대한 피론 호수의 상징과도 같은 곳이지요. 그곳을 점령해야만 진정으로 우리 그롤들이 피론 호수의 지배자라 불릴 수 있을 것입니다."

그러자 3장로 달툼이 가느다란 두 눈을 차갑게 번쩍이며 말했다.

"차라리 이참에 제라칸에게 도움을 요청하는 것이 어떻겠습니까? 그가 이미 우리를 돕겠다고 여러 번 손을 내밀지 않았습니까?"

갈루드가 인상을 찌푸렸다.

"용자 제라칸 말인가?"

"크큭! 용자들의 세계에선 타락한 용자라고 불리는 자입니다. 엄밀히 따져 보면 용자라기보다는 마왕에 가깝다고 봐야지요. 하지만 그렇다고 해서 마왕은 아니니 우리가 손을 잡아도 나쁠 것은 없습니다. 그가 도와준다면 피론 호수에서 마왕의 세력을 견제하고 우리가 지배자가 되는 건 어렵지 않을 겁니다."

"흐음, 그 말도 틀린 말은 아니다만."

그러자 갈루드는 잠시 고심에 빠졌다.

이미 용자 제라칸과 그롤족은 몇 번의 교류가 있었다.

물론 교류라기보다는 제라칸 쪽에서 일방적인 호의를 베

풀었다는 것이 맞았다.

모두가 고대 그롤족의 고대 진법으로 알고 있는 대공간 진과 소공간진에 대한 비술을 전해 준 것도 바로 제라칸의 기사였으니 말이다.

그것뿐이 아니다.

갈루드가 수석 장로가 될 수 있도록 그에게 힘을 실어준 것도 제라칸의 기사가 보낸 하나의 영약이었다.

그 영약을 먹고 갈루드는 보통의 매브왕들에 비할 수 없이 강한 힘을 얻게 되었으니까.

하지만 갈루드는 제라칸의 의중이 과연 무엇일지 의문이었다.

마왕 못지않게 사악한 심성을 지닌 제라칸이 아무런 이유도 없이 그롤족을 도와줄 리 없기 때문이다. 분명 뭔가 노리는 것이 있을 터였다.

'섣불리 그놈들을 이곳으로 불러들였다간 우리 그롤족이 그놈들의 하수인으로 전락해 버릴지도 모른다.'

갈루드가 걱정하는 것이 바로 이것이었다. 그렇게 되면 피론 호수의 지배자는 그롤들이 아닌 제라칸이 될 것이기 때문이다.

그런데 그때 뜻밖의 일이 발생했다.

"갈루드 님! 용자 제라칸의 사신이 도착했사옵니다!"

"그게 무슨 말인가?"

회의장 바깥에서 매브왕 하나가 다급한 기색으로 들어왔다.

그는 갈루드 휘하의 군단장 중 하나였다.

"말씀드린 그대로이옵니다. 제라칸의 기사가 갈루드 님을 비롯한 장로들을 뵙고자 청해 왔사온데 어찌해야 할까요?"

"일단 들여보내라."

참으로 공교로운 시점에 그들이 도착했다. 그렇지 않아도 그들 때문에 고민하던 중이었으니 말이다.

잠시 후 회의장으로 두 명의 인간이 나타났다.

둘 다 흑색의 후드를 눌러쓰고 있었는데 그들은 물속에서도 그 어떤 불편함이 없어 보였다. 마치 육지에 있는 것처럼 물속을 자유롭게 걸어왔다.

갈루드가 물었다.

"그대들 중 누가 용자 제라칸의 기사인가?"

그중 하나가 먼저 후드를 뒤로 벗었다.

짙은 잿빛의 머리카락을 가진 노인이었다. 인상은 매우 온화해 보였지만 그의 눈빛은 차갑게 빛나고 있었다.

"나는 위대하신 용자 제라칸 님의 기사인 나칸이라 하오. 용맹한 그롤들의 장로들을 뵙게 되어 영광이외다."

그는 그렇게 자신을 소개했다.

그렇다. 사르곤 제국의 대마법사였던 나칸이 용자 제라칸의 기사로서 다시 모습을 드러낸 것이었다. 그것도 이 피론 호수의 심처에 위치한 그롤족의 소굴에서 말이다.

나칸은 본래 마왕 크리움의 권속이었지만, 크리움에게 버림을 받았고 마나마저 몽땅 빼앗기고 말았다.

그런데 지금 나칸의 몸에서 뿜어져 나오는 기세는 이전과 비할 바가 아니었다. 본래의 마나가 회복된 것은 물론이고 그보다 훨씬 강해진 상태였다.

"기사 나칸이라? 그럼 그 옆에 있는 분은?"

스윽.

그러자 나칸의 옆에 있던 인물도 후드를 뒤로 넘겼다. 40대의 날카로운 인상을 가진 남자였다.

"저는 나칸 님의 제자인 마크입니다. 스승님을 수행하기 위해 함께 온 것이니 신경 쓰지 마시지요."

홀연히 실종되었던 나칸의 제자 마크도 용자 제라칸의 휘하로 들어간 터였다. 정식 기사가 되진 못했지만 나칸의 제자로서 기사 못지않은 대접을 받고 있었다.

갈루드가 나칸을 노려봤다.

"그럼 기사 나칸, 그대에게 묻겠다. 갑자기 우릴 찾아온 이유가 무엇인가?"

그러자 나칸이 의미심장하게 웃었다.

"경계하지 마시오. 난 제라칸 님의 뜻에 따라 당신들을 돕고자 온 것이오."

"우리를 돕겠다? 우리가 언제 도움을 청하기라도 했다는 말인가?"

갈루드가 불쾌한 기색을 드러냈지만 나칸은 눈 하나 깜짝하지 않았다. 오히려 그의 입가에는 살짝 조소가 맺혀 있었다.

"내 말을 들어 보면 지금 사태가 얼마나 심각한지 알 수 있을 것이오."

"그게 무슨 말이냐? 사태가 심각하다니!"

"수호룡 이네르타를 해치운 인간은 바로 로이스라는 놈이요. 그의 정체는 용자 아시엘의 용병으로 아주 골치 아픈 존재요."

"용자 아시엘?"

"설마 그녀의 이름도 들어 보지 못한 것이오? 피론 호수의 남쪽에 위치한 아스피스 성의 용자가 바로 아시엘이오."

"들어는 봤다만 우린 호수 밖의 일에는 관심 없다. 그런데 그 아시엘의 용병이 정말 수호룡 이네르타를 해치웠다는 건가?"

갈루드는 나칸의 말을 믿기가 힘들었다. 아무리 용자의 용병이라지만 가히 마왕에 육박하는 전투력을 지닌 수호룡 이네르타를 해치웠다는 것은 말도 안 되는 소리이기 때문이다.

그러자 나칸이 안색을 딱딱하게 굳힌 채 대답했다.

"그렇소. 믿기지 않는 얘기겠지만 그놈은 아주 불가사의한 놈이오. 현재까지 마왕 데세오, 마왕 헤이나크, 그리고 마왕 크리움까지. 도합 세 명의 마왕이 그놈을 찢어 죽이려고 부하 마족들을 보냈지만 모두 실패했소."

"그, 그런 말도 안 되는 일이!"

갈루드가 입을 쩍 벌렸다. 그는 놀랐을 때 입을 쩍 벌리는 건 체면을 구기는 일이라 생각해 자제해 왔다.

그러나 너무도 기막힌 말을 듣자 자신도 모르게 입을 쩌억 벌리고 만 것이었다.

그러다 곧바로 입을 슥 다물고는 나칸을 노려봤다.

"지금 그런 말도 안 되는 소리를 나보고 믿으라는 건가?"

"큭! 얼마 전까지 나는 마왕 크리움을 섬기며 라키아 대륙을 그의 권역으로 만들려 했었소. 물론 지금은 그와는 비교할 수 없이 위대하신 제라칸 님의 휘하에 있지만 말이오. 따라서 나는 누구보다 그 로이스란 놈에 대해 잘 알고 있으며, 심지어 그놈의 부하들이 누구인지도 잘 알고 있소. 그리고 무엇보다 그놈을 어떻게 상대해야 할지에 대해 나만큼 잘 아는 이는 없을 것이오."

"으음."

갈루드는 인상을 굳힌 채 침음을 흘렸다. 정말로 나칸의 말이 사실이라면 그롤들의 힘만으로는 도저히 상대하기 힘든 강적이기 때문이었다.

나칸이 다시 말했다.

"바로 로이스란 놈이 머맨 왕 칼리스를 인어국에서 강제로 끌고 나와 용자로 만들었소. 그놈이 대체 무엇 때문에 그런 한심한 놈을 용자로 만들었는지는 모르겠지만, 만약 그놈이 칼리스의 용병이 되어 미스토스를 쌓게 하면 머지않아 이 수중 세계에 남쪽 아스피스 성 못지않은 강한 용자의 요새가 생겨날 수도 있소."

순간 갈루드가 이를 갈았다. 그의 두 눈이 시뻘겋게 번쩍였다.

"그런 일은 절대 일어나서는 안 된다."

다른 장로들도 마찬가지였다.

"맞습니다. 용자가 성장하게 둬서는 절대 안 됩니다."

"더 크기 전에 빨리 제거해야 합니다, 갈루드 님."

나칸이 회심의 미소를 지었다.

"흐흐, 이제야들 사태의 심각성을 깨달으셨소? 바로 내가 그것 때문에 온 것이오. 용자 칼리스를 죽이고 그 로이스란 놈 역시 제거하라는 제라칸 님의 뜻을 받들기 위함이외다."

"그렇다면 무슨 방법으로 그놈을 제거할 생각인가? 수호룡 이네르타도 해치운 놈이라 했는데 말이야. 그대의 실력으로 과연 그것이 가능할지 의문이군."

갈루드는 나칸이 왠지 미덥지 않았다. 전신에서 흐르는 사악한 기운이야 어차피 매브왕인 그 자신도 마찬가지이기에 이상할 것 없었다.

그러나 도무지 무슨 생각을 하는지 알 수 없어 보이는 나칸의 의미심장한 눈빛이 마음에 걸린 것이다.

그러자 나칸이 돌연 정색을 하며 말했다.

"염려하지 마시지요. 수석 장로 갈루드 님께 이제 그에 대한 비책을 알려 드리겠소."

"어서 말해 보라."

"워낙 기밀 사항이라 잠시만 주위를 물리쳐 주셨으면 하오."

"무엇이! 이들은 장로들이다. 그롤족의 모든 건 장로회의에서 결정되는 걸 모르는가?"

"알고 있소. 그러나 일단은 먼저 수석 장로께서 듣고 다른 장로분들과 회의를 하시면 되지 않겠소? 원치 않는다면 난 이만 돌아가겠소."

나칸은 당장이라도 돌아갈 듯 말했다.

그러자 갈루드는 인상을 찌푸리면서도 어쩔 수 없다는 듯 고개를 끄덕였다.

"그대들은 잠시만 물러가들 있으라. 이자와 단독으로 얘기를 나눠 보겠다."

"수석 장로의 뜻을 받듭니다."

"알았습니다, 갈루드 님."

장로들은 불만 어린 표정이었지만 이내 회의장을 빠져나갔다.

나칸의 제자인 마크 역시 회의장 바깥으로 나갔다.

그리고 회의장에는 나칸과 갈루드만 남았다.

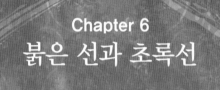

Chapter 6
붉은 선과 초록선

　"기사 나칸, 이제 말해 보라. 대체 그 로이스란 놈을 상대할 비책이란 무엇인가?"

　"그건 그롤족 모든 군단들을 통솔할 권한을 내게 넘겨주시는 것이오. 이제부터 갈루드 그대 또한 나의 명령을 따라야 하오."

　"그게 무슨 말도 안 되는 소리인가?"

　갈루드는 어이가 없다 못해 기가 막혔다. 그 말은 그롤들의 모든 운명을 나칸에게 넘기라는 것이나 마찬가지였다.

　"그따위 헛소리를 지껄이려고 나와 독대하겠다 말한 건가?"

"흐흐, 아직도 당신이 어떤 처지에 있는지 모르고 있
군."

나칸은 알 수 없는 미소를 짓더니 주머니에서 구슬 하나
를 꺼냈다.

시커먼 빛의 구슬!

그 구슬에 마나를 주입하는 순간 흑색의 기운이 주위를
뒤덮었다.

스스스스.

결계였다. 회의장은 사라지고 사방은 흑색의 구름으로
가득한 정체불명의 장소로 변했다.

"지금 뭐 하는 짓이냐?"

"보면 알게 된다."

"네, 네놈이 감히!"

순간 갈루드는 나칸이 자신을 향해 뭔가 이상한 수작을
부린다는 것을 눈치챘다. 곧바로 그의 두 눈에서 섬뜩한 한
광이 뿜어져 나왔다.

"더 이상은 안 되겠군. 제라칸과 사이가 나빠지더라도
네놈을 죽여 버리고 말겠다."

"어리석은 놈! 잠시 후면 네놈은 나에게 살려 달라고 빌
게 될 것이다."

"그런 일은 절대 벌어지지 않는다."

나칸이 조소를 흘렸다.

"과연 그럴까? 지금 내가 결계를 펼친 건 네놈의 못난 모습을 다른 장로들에게 보여 주지 않기 위해서다. 이는 그 롤족의 수장인 네놈에 대한 최소한의 배려이니라. 부하들에게 쪽은 팔리지 말아야 할 것 아닌가?"

"그 무슨 헛소리를?"

"바로 이거지. 뭐겠느냐?"

나칸이 주문을 외우자 갈루드가 돌연 몸부림쳤다.

"크으으윽!"

알 수 없는 기운에 의해 그의 몸에서 힘이 빠져나가기 시작했던 것이다. 그뿐이 아니다. 보통의 매브왕들에 비해 두 배는 되던 그의 몸체가 점점 작아지더니 급기야 작은 지렁이만 하게 변해 버렸다.

꾸물꾸물.

나칸이 그런 갈루드를 손가락으로 집어 들고는 사악하게 웃었다.

"이제야 네가 어떤 처지인지 알겠느냐, 갈루드?"

"으으…… 이, 이게 대체 어찌 된 일……?"

갈루드는 도무지 지금 상황이 이해가 되지 않았다.

"어찌 된 일이냐고? 궁금하면 알려 주마. 바로 이런 것이다."

나칸이 손가락에 힘을 주었다.

꾸욱.

그러자 갈루드는 전신이 터져 버릴 것 같은 고통에 입이 찢어져라 비명을 질렀다.

"크아아아아악!"

나칸이 손가락에서 힘을 풀었다. 그러자 갈루드가 기를 쓰고 외쳤다.

"제, 제발 살려 주십시오!"

"크큭! 내가 뭐라 했느냐? 네놈이 내게 살려 달라고 말할 거라 했지 않으냐?"

"크으윽! 주, 죽을죄를 졌습니다. 제발 살려 주십시오."

그러자 나칸이 득의만만한 미소를 지었다.

"언젠가 네놈은 제라칸 님께서 주신 약을 먹은 적이 있을 것이다. 그리고 그로 인해 매브왕들 중에 가장 강한 능력을 얻게 되었겠지."

"그럼 그 약이 설마?"

"그 약은 널 강하게 해 주지만 오직 제라칸 님의 뜻을 따를 때에 한한다. 물론 제라칸 님의 기사인 나의 뜻도 마찬가지다. 내 뜻이 곧 제라칸 님의 뜻이니 네놈은 이후에 두 번 다시 나의 뜻을 거스르지 말아야 할 것이다."

"아, 알겠습니다, 나칸 님."

갈루드는 나칸의 뜻에 복종하는 것 이외에는 선택의 여지가 없었다.

지금 상태라면 그가 나칸의 뜻을 거스르는 순간 어떤 비참한 꼴이 될지는 눈에 선했으니까.

그러자 나칸이 히죽 미소 지었다.

"그럼 대략 알아들은 것으로 알겠소, 수석 장로. 두 번다시 내가 구슬을 사용하는 일이 없기를 바라겠소."

그 말과 함께 나칸이 구슬에 마나를 주입했다.

스스스스.

순간 지렁이만 하게 작아졌던 갈루드의 몸체가 본래의 크기로 돌아왔다.

동시에 알 수 없는 결계 공간이었던 주변이 그롤족의 회의장으로 변했다.

어떻게 보면 마치 꿈만 같았다. 정말로 갈루드는 방금 전의 일이 현실이 아닌 꿈이었으면 싶었다.

그러나 나칸의 섬뜩한 눈빛을 보는 순간 그런 바람은 그저 망상에 지나지 않는다는 것을 갈루드는 깨달았다.

'으으! 앞으로는 꼼짝없이 저놈의 말을 들어야 하는구나.'

갈루드는 최대한 나칸의 심기를 거스르지 않기 위해 두 눈을 내리깔았다.

그러자 나칸은 마치 아무런 일도 없었던 것처럼 빙그레
웃으며 말했다.

"그럼 다시 한번 말하겠소, 수석 장로. 쉽지 않은 일이지
만 그대가 다른 장로들을 설득해 그롤족 모든 군단의 통솔
권한을 내게 위임해 주시오."

그러자 갈루드는 잠시 머뭇거렸지만 이내 고개를 끄덕이
며 대답했다.

"알겠습니다. 그렇게 하겠습니다."

"쯧, 말투가 그게 무엇이오? 누가 보면 내가 그대를 협
박한 줄 알겠소이다. 평소대로 하시오."

나칸의 음성은 부드러웠지만 그의 두 눈은 차갑기 이를
데 없었다.

갈루드는 움찔 놀라며 대답했다.

"아, 알았소. 그리하겠소."

"흐흐, 바로 그거요. 그럼 난 좋은 소식을 기다리고 있겠
소."

나칸은 회의장을 빠져나갔다. 동시에 매브왕 장로들이
다시 회의장으로 들어왔다. 장로들은 방금 전 회의장 내부
에서 무슨 일이 있었는지 전혀 짐작도 못하고 있었다.

"수석 장로님, 용자의 기사 나칸과는 무슨 얘기를 나누
셨는지요?"

"모두 앉아라. 이제부터 내가 하는 말을 잘 듣도록 하라."

갈루드는 착잡한 표정을 지었지만 이제는 어쩔 수 없다는 생각에 장로들을 반 협박하다시피 해서 나칸의 뜻에 따르게 했다.

사실상 장로 회의는 외부적으로만 그롤족의 최고 의사결정이 이루어지는 것처럼 보일 뿐, 모든 건 수석 장로 갈루드의 뜻대로 이루어져 왔다.

지금도 마찬가지다.

나칸이 그롤족 모든 군단의 통수권자로 위임되는 것에 장로들은 경악하며 반대했지만, 갈루드의 뜻을 거스르지는 못했다. 계속 반대하면 회의장에서 갈루드에게 죽을 것이 뻔하기 때문이었다.

그렇게 제라칸의 기사 나칸은 그롤족을 장악하는 데 성공했다.

잠시 후 나칸은 회의장의 상좌에 앉았다. 거대한 매브왕 12장로들이 그의 옆으로 빙 둘러 위치해 있었다.

나칸이 모두를 훑어보며 말했다.

"다들 잘 생각했소이다. 그대들은 오늘의 선택을 후회하지 않게 될 것이오. 제라칸 님이 이후 그롤족들을 절대 박대하지 않을 것이니 말이오."

갈루드가 고개를 끄덕였다.

"부디 잘 말씀해 주시오. 우린 제라칸 님의 뜻에 절대적으로 따르겠소."

"흐흐, 수석 장로의 그러한 충정을 제라칸 님께 꼭 보고할 테니 염려 마시오."

나칸은 의미심장하게 한 번 웃고는 말을 이었다.

"이제 그롤들은 아시엘의 용병 로이스와 전쟁을 벌이게 될 것이오. 어차피 로이스가 사라지면 용자 칼리스는 아무런 위협도 되지 못할 것이니 신경 쓸 것 없소."

"예, 나칸 님."

매브왕 장로들은 공손히 대답했다. 나칸이 손을 슥 휘저었다.

스슷.

순간 회의장 중앙에 거대한 지도가 그려졌다.

바로 이곳 그롤족의 근거지를 중심으로 인근의 지형이 멀리까지 간략하게 그려져 있는 지도였다.

그중에는 멀리 인어국은 물론이고 그곳에서 약간 떨어진 용자 칼리스의 동굴도 표시되어 있었다.

그리고 까마득히 아래 피론 호수의 남쪽 경계가 끝나는 지점에는 용자 아시엘의 아스피스 성도 보였다.

"지도에 보듯이 아스피스 성은 호수 남쪽에 위치해 있

소. 그리고 용병 로이스가 있을 곳으로 추정되는 곳은 바로 용자 칼리스의 동굴 근처요."

나칸의 손가락이 마치 고무처럼 늘어나 지도의 각 지점을 꾹꾹 눌러 가며 가리켰다.

"난 일단 로이스를 상대하는 데 있어 후방의 지원을 끊어 버릴 생각이오. 따라서 그대들은 먼저 아스피스 성을 공격해 점령해야 하오."

그는 지도의 아스피스 성을 향해 손가락을 죽 그었다. 순간 지도에 붉은 선이 그려졌다.

슥. 스윽.

그리고 나타난 또 하나의 선. 그것은 초록색이었다.

"물론 제라칸 님의 휘하 병력 또한 아스피스 성을 공격할 것이니 염려들 마시오. 그대들이 성 공략을 위한 선봉이 되어 주면 제라칸 님이 이후 그대들의 공을 크게 치하할 것이오."

"아, 알겠소."

갈루드는 침중하게 굳어진 표정으로 대답했다.

토를 다는 즉시 처참하게 죽임을 당할 거라 그렇게 하겠다 대답하긴 했지만, 피론 호수와는 상관없는 아스피스 성을 공격하는 것은 솔직히 이해하기 어려웠던 것이다.

그것도 제라칸의 병력이 공격하는 데 앞서 선봉으로 나

간다니!

이는 딱 봐도 제라칸이 그롤들을 희생시켜 손쉽게 아스피스 성을 점령하려 함을 의미했다. 다수의 그롤들은 아스피스 성의 반격에 죽임을 당할 것이고, 그사이 힘이 소진된 아스피스 성은 제라칸의 기사들에 의해 점령당하고 말 것이다.

사실 갈루드의 예상대로였다. 나칸은 말은 로이스를 상대하는 것처럼 말하지만 실은 로이스가 없는 사이 아스피스 성을 점령하기 위해 그롤들을 이용하려는 것뿐이다.

'흐흐, 역시 제라칸 님은 대단하시군. 이때를 위해 그롤족의 우두머리를 제압할 수 있는 비책을 준비해 놓으셨으니 말이야.'

나칸은 솔직히 수호룡 이네르타를 쓰러뜨린 로이스와 정면 승부를 벌일 생각은 조금도 없었다.

어차피 잠시 후면 마왕들이 알아서 로이스를 해치울 것이기 때문이다. 이는 나칸뿐 아니라 제라칸의 뜻이기도 했다.

제라칸은 굳이 많은 희생을 하며 로이스와 맞서기보다는 마왕들을 이용해 로이스를 제거할 계획을 갖고 있었으니까.

바로 그 순간.

나칸이 그린 그 지도를 마치 눈앞에서 보듯 훤히 꿰뚫어 보는 이가 있었으니.

다름 아닌 아이리스였다.

갑자기 뭔가 알 수 없는 꺼림칙한 느낌에 눈을 감은 그녀의 시야에 환상처럼 나타난 두루마리.

그것은 오직 그녀의 눈에만 보이는 전략가의 두루마리였다.

그런데 지금은 그 두루마리에 글자가 아닌 지도가 그려져 있었다.

지도에는 붉은 선과 초록색 선도 보였다.

다만 그 각각의 선이 의미하는 것이 무엇인지는 알려 주지 않았다.

모든 건 그녀 스스로 추측해 내야 하리라.

'이게 무엇일까? 왜 갑자기 내 눈에 이 지도가 보이는 것이지?'

아이리스는 이것이 결코 우연히 나타난 현상이 아니라 여겼다.

'그러고 보니 이건 이 호수의 지도로구나. 여긴 인어국, 저 아래는 용자 아시엘의 아스피스 성, 그럼 이곳이 바로 용자 칼리스의 동굴이 있는 곳이겠지.'

지도의 각 지점들은 알 수 없는 문자들로 설명되어 있었지만, 그녀는 그 문자들을 해독하지 않고도 각 지점이 어디인지 금방 알아낼 수 있었다.

'그렇다면 여긴 어디일까?'

붉은 선이 시작되어 아스피스 성으로 향하는 곳.

'이건 혹시?'

아이리스는 문득 짚이는 것이 있었다. 동시에 그녀는 지도에 그려진 또 하나의 선이 아스피스 성으로 그려져 있는 것을 살폈다.

'두 개의 세력이 아스피스 성을 노리고 있다는 뜻이야. 그런데 대체 붉은 선과 초록 선은 각각 누구를 의미할까?'

아이리스의 뇌리에 몇 가지 세력들이 떠올랐다.

'혹시 그롤들이라 불리는 괴수어들? 아니면 마왕의 세력들일 수도 있어. 타락한 용자 제라칸 또한 빠질 수 없을 거야.'

그녀의 두 눈이 차갑게 빛났다.

'어쩌면 이들 모두일 수도 있겠지.'

전략가의 두루마리에서 이것을 보여 준 이상 여러 가지의 가능성들을 모두 생각해 봐야 할 것이다. 단 하나의 변수도 빠뜨리지 말고 말이다.

그렇게 아이리스가 지도를 보며 고심하고 있는 사이에도

로이스는 칼리스와 이네르타를 수련시키느라 정신이 없었다.

　　[미스토스의 은총이 당신의 노력에 대한 보상을 줍니다.]
　　[당신의 수련 지도 전술이 5단계가 되었습니다.]
　　[당신의 전투력이 소폭 상승했습니다.]
　　[당신의 최대 맷집과 최대 미흐가 소폭 상승했습니다.]

　수련 지도를 통해 로이스 자신의 전투력이 조금씩 상승하는 것도 신나는 일이었지만, 칼리스와 이네르타가 조금씩 강해지는 모습을 보는 것도 상당히 뿌듯한 일이었다.

　특히 고무적인 일은 칼리스의 태도 변화였다.

　처음에는 로이스에게 불만이 가득한 표정을 지으며 시종 투덜대던 그였다.

　그러나 수련을 시작한 지 3일째 되는 날부터는 오히려 그가 더욱 적극적인 태도를 보였다. 당연히 입에서 투덜거리는 소리도 사라졌다.

　"로이스! 그대 덕분에 내가 강해지고 있는 것을 실감하고 있다. 검술을 가르쳐 줘서 고맙게 생각한다."

그 말을 들은 로이스는 잠시 멍해졌다.

"너 뭐 잘못 먹은 거냐? 갑자기 왜 변했지?"

칼리스가 멋쩍게 웃었다.

"영원히 강해질 수 없다고 절망했던 것이 나를 비뚤어지게 만들었던 것 같다. 더 이상 그런 못난 행동을 하지 않을 생각이야."

그 말을 들은 로이스의 표정에 살짝 감개무량한 기색이 스쳤다.

"생각보다 일찍 정신을 차렸군. 한참 걸릴 줄 알았는데 말이야."

"그대가 아니었다면 불가능했을 일. 언제고 이 신세는 반드시 갚겠다."

그런데 칼리스의 그 말이 끝나는 순간이었다.

군주의 목걸이가 빛나며 나타난 글자들.

　[용자 칼리스가 당신의 능력을 인정했습니다.]

　[임무] 미스토스 군주가 될 자격을 증명하라

　―7명의 용자에게 능력을 인정받는다. 2/7

　―상급 50레벨을 달성한다. 8/50

'오! 벌써?'

임무 상황이 갱신되며 로이스에게 그 내용을 알려 준 것이다.

이로써 일곱 명의 용자 중 두 명의 용자에게 인정을 받은 것이었다.

> [임무 조건] 7명의 용자에게 능력을 인정받는다.
> 2/7
> ―용자 아시엘에게 능력을 인정받았음.
> ―용자 칼리스에게 능력을 인정받았음.
> ―???
> ―???
> ―???
> ―???
> ―???

'생각보다 빠르네.'

칼리스를 일정 정도 이상으로 강하게 만들어 주고, 또한 저 용자의 동굴도 아스피스 성의 규모 정도로 확장이 되어야 인정을 받을 줄 알았다.

그런데 이렇게 금방 칼리스의 인정을 받게 될 줄은 몰랐다.

그것은 칼리스가 그만큼 로이스에게 고마워한다는 것을 의미했다.

그냥 말로만 신세를 갚겠다고 인사치레하는 게 아니라 진심으로 그렇게 생각하고 있는 것이다.

처음에는 그저 무능하고 한심해 보였던 머맨 왕 칼리스!

그런 투박한 껍데기가 사라진 그의 속 모습은 의외로 멋진 구석이 있었다.

"오늘도 그럼 부탁한다, 로이스."

칼리스가 검을 겨눈 채 로이스를 노려봤다. 여전히 긴장이 가득한 표정이었지만 눈빛에 투지도 적지 않게 엿보였다.

강해지고 싶다는 욕망이 담긴 눈빛!

칼리스뿐 아니라 이네르타에게서도 그 같은 투지가 느껴졌다.

로이스는 고개를 끄덕였다.

"자세들이 마음에 드는군. 오늘은 좀 더 강도를 높여도 되겠어. 둘 다 각오해라."

그러자 칼리스와 이네르타가 흠칫하는 표정을 지었지만 그래도 특별히 투덜대는 기색은 없었다.

"제길! 각오는 되어 있다."

"죽이든 살리든 마음대로 하세요."

곧바로 로이스의 공격이 시작됐다. 먼저 칼리스와 이네르타가 전력을 다하면 충분히 방어할 수 있는 속도로 공격을 해 그들의 반응을 시험했다.

카캉! 카카캉!

다행히 칼리스는 로이스의 검을 모두 막아 냈다. 또한 이네르타를 공격하는 로이스의 공격도 무마시켰다. 이네르타 역시 로이스에게 가급적 공격당하지 않도록 계속 위치를 변경시키는 것을 잊지 않았다.

"후후, 좋아. 그럼 오늘 진도를 나가 볼까?"

로이스의 검이 빨라졌다. 칼리스가 막으려 했지만 순식간에 그의 몸은 만신창이가 되고 말았다.

촤악! 촥! 촤악!

"으으윽! 크윽! 으윽!"

가슴과 옆구리, 그리고 하체 부분에 깊숙한 상처가 나며 피가 콸콸 새 나왔다.

화아악!

순간 이네르타가 빠르게 치유 마법을 펼쳐 칼리스의 상처를 치료하려 했지만, 로이스가 훌쩍 달려들어 그녀를 향해 마구 검을 휘둘렀다.

촥! 촤악!

"아악! 아아악!"

어느새 이네르타의 몸도 만신창이로 변하고 말았다. 그녀는 고통스러운지 인상을 찌푸렸다.

"으으! 정말 조금의 사정도 두지 않는군요. 살살 좀 하면 안 되나요?"

"다 너희들을 위해서니 날 원망하지 마. 수련을 실제처럼 하는 게 중요해. 그래야 실제 전투에서 피를 흘리지 않게 될 거야."

이는 누가 가르쳐 준 것도 아니지만 로이스가 본능적으로 터득한 것이다. 그런데 그것을 말로 그럴듯하게 표현할 수 있게 된 것은 모두 수련 지도 전술의 단계가 상승해서였다.

덕분에 로이스는 말로 가르침을 주는 데 있어서도 상당한 능력이 생겨난 것이다.

칼리스와 이네르타는 피투성이 상태로 신음하면서도 고개를 끄덕였다.

"좋은 말이군. 잊지 않겠다."

"꼭 기억하겠어요."

그때 멀리 소형 마전함 안에서 힐끗 이쪽을 살피던 아이리스가 후다닥 달려왔다.

"앗, 이런! 자칫하면 죽겠어요!"

지금 이네르타는 너무도 부상이 심해 마법을 펼칠 수 없는 지경이었다. 아이리스는 즉각 완드를 앞으로 내밀며 최상급 치유 마법을 펼쳤다.

화아아아악!

찬란한 빛무리가 칼리스와 이네르타의 몸을 휘감자 그들은 금세 말끔한 상태로 돌아왔다.

"번번이 고맙다, 인간 마법사. 언젠가 신세를 꼭 갚겠다."

"정말 고마워요, 아이리스 님."

칼리스와 이네르타가 진심으로 고마워하는 눈빛을 보냈다. 사실 지금과 같은 상황이 한두 번이 아니었기 때문이었다.

그들이 로이스의 공격에 빈사 직전의 상태가 될 때쯤 아이리스가 걸어 주는 회복 마법은 마치 부활과 같은 신비한 위력을 발휘해 주었으니 그 고마움은 말로 표현하기 힘들 정도였다.

로이스가 미소 지었다.

"수고했다, 아이리스. 그럼 이따 또 부탁해."

"네, 로드."

최상급 치유 마법을 펼칠 수 있는 아이리스가 뒤에 있어서 로이스가 무자비하게 수련을 시킬 수 있는 것이었다. 그렇지 않았다면 어느 정도 사정을 봐줘야 했을 것이고, 칼리스 등이 이처럼 빨리 강해질 수 없었을 것이다.

"참, 로드! 잠깐 드릴 말씀이 있어요."

"뭔데?"

"아무래도 그롤들이 곧 아스피스 성을 공격할 것 같아요. 동시에 제라칸의 거점에서도 대규모 병력이 출전해 아스피스 성을 공략할 거예요."

"그걸 어떻게 알아냈어?"

로이스의 두 눈이 휘둥그레 커지자 아이리스는 성장의 선물인 전략가의 두루마리가 보여 준 지도와 그녀의 추측을 간략히 설명해 주었다.

로이스는 감탄했다.

"아주 쓸 만한 능력이군. 그럼 그 붉은 선이 그롤족이고 초록 선이 제라칸이라는 거야?"

"통찰의 눈이 주는 직감이니 틀림없을 거예요. 다만, 지도에는 나오지 않았지만 어딘가에서 마왕들이 로드를 지켜보고 있는 것도 같아요."

"그놈들이야 항상 날 지켜보고 있겠지. 슬슬 나타날 때가 됐을 거야."

로이스는 오히려 반색하는 눈치였다. 아이리스는 잠시 기막혀하는 표정으로 로이스를 쳐다봤다.

'마왕들이 지켜보고 있다는 말을 듣고 저리 좋아하는 사람은 로드 외에는 없을 거야. 정말 알 수 없는 분이라니까.'

이제 어느 정도 로이스에 대해 알고 있다 자부하면서도 이럴 때면 다시 생소하게 느껴졌다.

그러나 지금은 그게 중요한 것이 아니었다.

그녀는 그사이 자신이 세운 계획을 로이스에게 설명했다.

"그래서 대책을 세워 봤어요."

"말해 봐."

"잠시 후면 아스피스 성으로 갔던 마전함이 이곳으로 도착할 거예요. 저는 그들과 함께 계획대로 인어국을 장악하겠어요. 그리고 로드께서는 이곳 용자 칼리스의 동굴에 계속 남아 계시는 게 좋겠어요."

"그럼 아스피스 성은? 그들만으로 그롤들과 타락한 용자의 공격을 막아 낼 수 있을까?"

"실은 그것 때문에 꽤 고민해 봤는데, 다소 고전은 하겠지만 밀리지 않을 것 같아요. 물론 저와 로디아 등이 가서 합류하게 되면 좀 더 쉽게 물리칠 수 있겠지만, 그사이 마족들이 인어국을 장악하고 말 거예요. 로드께서 이곳에서 자리를 비우시면 안 되는 것도 같은 이유예요."

아이리스는 그롤들과 타락한 용자 제라칸의 세력 못지않게 간교한 마족들의 속셈도 읽어 냈다.

마족들이 가장 바라는 것은 아스피스 성을 지키기 위해 로이스가 귀환하는 것이다.

그렇게 되면 그들이 용자 칼리스의 동굴을 아주 손쉽게 접수할 수 있기 때문이다. 인어국 역시 그들의 손에 넘어가고 말 것이다.

그러나 아이리스의 계책대로 하면 마족들은 헛물만 켜게 될 것이다.

또한 그롤들과 제라칸의 병력들은 아스피스 성과 싸우며 적지 않은 타격을 입게 될 것이니, 지금으로서는 최선의 방책이라 할 수 있었다.

그런데 로이스는 시큰둥한 표정이었다.

"뭐 그럴듯한 생각이긴 하군. 하지만 이번엔 좀 아니야."

"네?"

아이리스의 두 눈이 커졌다. 로이스가 다른 것도 아니고 그녀의 계책을 별로라 말한 적은 처음이었기 때문이다.

"아스피스 성을 무시하는 건 아니지만 그롤들과 제라칸 놈의 합공을 받게 되면 상당한 피해를 입게 될 거야."

"하지만 현재로서는 아스피스 성과 인어국, 그리고 이곳까지 모두 보호할 수 있는 다른 방법은 없어요."

"없긴. 미스토스의 힘을 이용하면 되잖아."

"네? 어떻게요?"

로이스는 옆에서 멀뚱한 표정으로 서 있는 칼리스의 어깨를 툭 치며 대답했다.

"난 이제 이 녀석의 용병이 될 거야. 그리고 내가 아스피스 성 쪽으로 향하는 그롤들을 쓸어버릴 거고. 그럼 그사이 이곳의 미스토스가 쌓이게 되겠지. 그 다음은 이네르타가 알아서 이곳을 지킬 수 있어. 미스토스의 용병들을 고용할 수 있으니까."

"아! 그런 방법이?"

아이리스는 순간 스스로의 머리를 탁 쳤다.

그토록 미스토스를 변수로 활용해야 한다며 연구해 놓고 정작 이번 전략에서 그 부분을 간과하고 말았던 것이다.

그러나 그녀와 달리 아스피스 성의 발전 과정을 두 눈으로 지켜 본 로이스에게는 가장 떠올리기 쉬운 작전이었다.

미스토스의 신기한 힘을 직접 체험했으니 말이다.

물론 혼자서 그롤족 전체와 싸워 이길 수 있다는 무쌍의 자신감을 가지지 않았다면 생각할 수 없는 작전이긴 했다.

로이스는 미소 지었다.

"이제 넌 이 방법을 어떻게 하면 가장 잘 쓸 수 있을지 작전을 짜서 알려 줘."

"네, 로드."

아이리스의 눈빛이 날카롭게 반짝였다.

Chapter 7
빛나는 베카와 가디의 날개

"출진하라! 그롤들이여! 그대들이 아스피스 성을 점령하는데 큰 공을 세우면 이 피론 호수를 그대들이 영원히 지배하도록 보장할 것이다."

나칸의 명령이 떨어졌다.

그러자 수석 장로 갈루드를 비롯한 열두 장로들이 이끄는 괴수어 군단들이 일제히 그롤족의 동굴을 나섰다.

언뜻 봐도 수만은 되어 보이는 거대한 규모의 병력이었다.

나칸은·제자 마크와 함께 갈루드의 등 위에 탄 채로 의미심장한 미소를 짓고 있었다.

'아시엘! 라테르! 내가 이렇게 건재하다는 사실을 아느냐? 감히 나를 몰아내고 나의 모든 것을 빼앗아 간 그 복수를 이제 해 주마. 아스피스 성을 먼지 하나 남기지 않고 모조리 쓸어버릴 것이다. 또한 사르곤 제국도 마찬가지다. 황궁은 물론이고 황도 전체를 불태워 없애 버릴 것이다. 크하하하하!'

아시엘과 라테르에게 가진 원한을 떠올리자 그는 광분해 있었다.

그는 자신이 이전에 충성을 바쳤던 마왕 크리움에게 버림을 받은 것도 모두 다 아시엘과 라테르 때문이라 생각했다.

'그 로이스란 놈만 없으면 아스피스 성이 무너지는 건 시간문제이지.'

솔직히 로이스만 떠올리면 나칸은 지금도 심장이 철렁 내려앉는 듯했다.

사르곤 제국의 황궁에서 최상급 마족 자레아를 맨주먹으로 후려쳐 쓰러뜨리는 그 가공스러운 장면을 그 역시 목격했기 때문이다.

물론 그 틈을 타 잽싸게 도주해 나오긴 했지만, 그는 아직도 그때를 떠올리면 전신에 오한이 들었다.

게다가 전투력만 따지면 마왕들도 함부로 할 수 없다던

수호룡 이네르타를 로이스가 해치웠다는 사실은 나칸으로 하여금 더 큰 공포심을 느끼게 했다.

따라서 그가 아무리 용자 제라칸의 기사가 되었다지만, 로이스와 정면으로 싸울 생각은 추호도 없었던 것이다.

그는 오직 로이스가 없는 아스피스 성을 공략하는 데만 관심이 있을 뿐이다.

혹시라도 로이스가 아스피스 성으로 귀환하는 경우를 그 역시 고려해 보지 않은 건 아니다.

그러나 이미 그에 대한 대책도 세워 두었다.

'크큭! 그놈은 제 살기에도 바쁠 터. 아스피스 성으로 눈을 돌릴 틈도 없을 것이다.'

그 순간 용자 칼리스의 동굴 앞.

로이스는 여전히 칼리스와 이네르타를 지도하는 중이었다.

곧 큰 전쟁을 앞두고 있는 터라 그 전에 최대한 칼리스 등을 강하게 만들기 위함이었다.

물론 그래 봤자 단기간에 강해지는 건 한계가 있을 것이라 칼리스와 이네르타가 전력을 다해도 아즈컴 하나를 상대할 수 없을 것이다.

"로드! 그롤들이 움직이기 시작했어요."

그때 전략가의 두루마리에 그려진 지도를 보고 있던 아이리스가 다급히 외쳤다. 그롤들의 소굴로 추정되는 지점에서 수많은 붉은 점들이 남쪽으로 이동하고 있었기 때문이다.

"벌써?"

막 칼리스와 이네르타에게 검을 휘두르려던 로이스는 멈칫했다.

아이리스가 고개를 끄덕였다.

"이제 우리도 움직여야 해요."

그녀의 뒤에는 로디아와 스텔라, 루니우스도 서 있었다. 마전함을 타고 모두 복귀한 것이다.

또한 마전함에는 물의 정령 전사들이 2백 명이나 탑승한 상태였다.

릴리아나가 미스토스를 통해 물의 정령들을 대거 고용해 파견한 것이다.

이렇게 릴리아나가 다수의 정령들을 고용한 것은 극히 이례적인 일이었다. 혼자서 싸우기를 좋아하는 로이스에게는 사실 별 도움이 되지 않기 때문이다.

그러나 로디아에게 상황 설명을 들은 릴리아나는 혹시 모른다는 생각에 물의 정령 전사들을 고용했다.

이들은 로이스 등이 물속에서 자유롭게 전투를 벌이는데

도움을 주는 것은 물론이고, 자체적으로도 강력한 전투를 수행하는 것도 가능했다.

다른 곳이 아닌 물에서는 잘 죽지 않는 능력을 가지고 있기 때문이었다. 적의 공격에 몸체가 함몰되어도 근처에 물이 있는 한 금세 본래의 형상을 복원할 수 있었다.

물론 정령력 자체를 흩어 버리는 무서운 존재들을 만나면 바로 소멸되어 버리겠지만 말이다.

"로드! 저희들은 모두 준비되었어요."

로이스는 고개를 끄덕였다.

"이제 때가 되었군."

그는 곧바로 칼리스를 바라보며 말했다.

"칼리스! 난 이제 너의 용병이 될 것이다. 이번 전투가 끝나면 계약을 끝내고 떠나겠지만 그래도 그사이 너에게 큰 힘이 될 만한 미스토스가 쌓일 거야."

그러자 칼리스의 표정은 격동으로 물들었다.

며칠 전이라면 지금 로이스가 하는 말이 얼마나 엄청난 내용인지를 이해할 수 없었을 것이다.

그러나 지금은 로이스가 용자의 용병이 되어 준다는 것이 얼마나 대단한 일인지 충분히 이해한 터였다. 이네르타에게 귀에 딱지가 앉도록 들은 것도 있었다.

로이스가 용병이 되어 샤론 대륙의 강적들을 격파하면

칼리스에게 막대한 미스토스가 쌓이게 된다는 사실을 말이다.

그리고 그 미스토스를 이용하면 마왕들도 두렵지 않을 만한 강력한 힘을 구축할 수 있다는 것도.

"부탁한다, 로이스. 그대에게 신세만 지게 되는 것 같아 염치가 없구나. 하나 언제고 내가 그대에게 도움을 줄 일이 생긴다면 모든 것을 잃는다 해도 주저하지 않을 것이다."

칼리스의 두 눈이 이글거렸다.

그 모습을 본 로이스는 내심 놀랐다.

'며칠 사이에 정말 완전히 다른 녀석이 되었군.'

매일 지켜보면서도 하루가 다르게 변하는 모습에 놀랐지만, 지금 보여 주는 모습이야말로 로이스가 가장 좋아하는 용자의 모습이었다.

부탁을 하면서도 당당하며 비굴하지 않았으니까.

곧바로 이네르타가 상기된 표정으로 로이스를 바라보며 외쳤다.

"미스토스 상급 기사 로이스 님! 그대는 용자 칼리스 님의 용병이 되어 주실 건가요?"

순간 군주의 목걸이에서도 빛이 나며 글자들이 나타났다.

[용자의 용병이 되면 대량의 미스토스를 획득할 수 있는 기회를 얻게 됩니다.]

[당신은 용자 칼리스의 용병이 되는 것을 수락하 겠습니까?]

[수락한다./거절한다.]

예전에 아시엘의 용병이 될 때 보였던 것과 같은 내용이 었다.

물론 로이스에게만 보이는 글자들이었다.

"수락한다. 용자 칼리스의 용병이 되어 주지."

로이스는 흔쾌히 고개를 끄덕이며 말했다.

그러자 칼리스와 이네르타가 환호하는 표정을 지었다. 이네르타는 눈물까지 글썽이며 말했다.

"로이스 님! 이제부터 당신은 칼리스 님의 용병이에요."

"고맙다, 아니, 고맙소, 미스토스 상급 기사 로이스 경."

또한 로이스를 향한 칼리스의 말투는 정중하게 변했다. 물론 로이스의 말투는 변함없었다.

"고마우면 앞으로 더욱 열심히 수련을 하도록 해. 난 머지않아 떠날 거야. 내가 없어도 마왕들과 싸워 이길 만한 능력이 없으면 아무리 미스토스가 많아도 결국은 망하고 말 거니까."

"알았소, 로이스 경."

"명심하겠어요, 로이스 님."

칼리스와 이네르타의 표정은 로이스와 수련을 할 때처럼 진지했다.

그사이 로이스의 시야에는 새로운 글자들이 나타났다.

[당신은 용자 칼리스의 용병이 되었습니다.]

[그러나 용병 계약은 당신을 구속하지 않습니다.]

[당신이 원하면 언제든 용병 계약을 해지할 수 있습니다.]

이는 로이스도 다 알고 있는 내용이었다. 그래도 군주의 목걸이가 확인시켜 주는 것이니 나쁠 것은 없었다.

[미스토스 상급 기사로서 용자의 용병이 된 당신에게 특별한 축복이 임합니다.]

계속해서 나타난 글자들과 함께 로이스의 몸에 환한 날개 형상의 광채가 휘돌다 사라졌다.

[빛나는 베카와 가디의 날개를 얻었습니다.]

*빛나는 베카와 가디의 날개

―미스토스의 세계에서 아주 드물게 나타나는 특별한 축복.

―당신과 당신의 부하들이 몬스터를 죽일 때마다 소정의 돈이 수호 요정 릴리아나의 창고에 쌓임.

―강한 몬스터를 획득할수록 많은 돈을 얻을 수 있음.

―용자 칼리스와 당신의 용병 계약이 지속되는 한 이 축복은 계속됨.

"오오!"

로이스의 두 눈이 휘둥그레졌다.

이건 또 무엇인가?

빛나는 베카와 가디의 날개라니!

이전에 아시엘과 용병이 되었을 때 얻었던 것과는 다른 축복이었다.

'후후, 그러니까 몬스터를 해치우면 알아서 돈이 쌓인다는 얘기네. 뭐 이것도 나쁘진 않지. 릴리아나가 아주 좋아

하겠구나.'

로이스는 흐뭇하게 웃었다.

물론 좀 많은 미스토스를 획득할 수 있는 축복을 받으면 좋겠지만, 그것도 용자마다 다른 모양이었다.

그래도 돈을 많이 벌 수 있다면 나쁠 것이 없었다.

돈이 부족해 주릅 상인에게 외상을 질 필요도 없을 테니까.

돈이 많으면 마전함과 같은 강력한 마법 도구를 또 만들 수도 있으며, 부하들에게 필요한 걸 다 사 줄 수도 있을 것이다.

어쨌든 지금은 그보다 전쟁에서 승리하는 게 우선이다.

돈이야 그 승리에서 얻어지는 전리품일 뿐.

"그럼 모두 출전해."

"예, 로드!"

로이스가 명령을 내리자 아이리스와 로디아, 루니우스가 마전함에 탑승해 인어국 쪽으로 향했다.

그녀들은 인어국에 침투해 있는 마족의 끄나풀들을 해치우고, 동시에 인어국을 마족이나 그롤들의 습격으로부터 보호하는 임무를 맡았다.

이번에 고용된 물의 정령 전사들도 큰 힘이 되어 줄 것이었다.

스텔라는 용자 칼리스의 동굴에 남았다.

로이스가 없어도 스텔라가 있으면 어지간히 강력한 마족이 나타난다 해도 충분히 방어가 가능했다.

칼리스의 동굴에는 미스토스 방어 결계가 펼쳐져 있기 때문이다.

하지만 단순히 그것만 믿고 스텔라 한 명만 남겨 둔 것이 아니었다.

로이스는 물론이고 로이스의 부하들도 적들을 해치우게 되면, 칼리스에게는 미스토스가 쌓이게 된다.

그 미스토스를 이용해 집사 이네르타가 미스토스 용병을 고용하거나 방어에 유리한 형태로 동굴을 확장할 수 있다.

지금은 가장 허술해 보여도 시간이 지날수록 아주 강력한 요새가 될 곳이 바로 칼리스의 동굴이었다.

"스텔라! 이곳을 잘 부탁해."

"염려 마세요, 로드! 목숨을 걸고 지키겠어요."

스텔라의 곁에는 그녀의 전투를 도와줄 물의 정령도 하나 남았다.

물속에서 숨을 자유롭게 숨을 쉴 뿐 아니라 움직임도 자유롭게 해 주어야 그녀가 최고의 전투력을 발휘할 수 있기 때문이다.

"좋아. 그럼 나도 출발해야지."

그렇게 인어국과 칼리스의 동굴을 부하들에게 맡겨 두고, 로이스는 소형 마전함을 탄 후 그롤 군단이 이동해 오는 쪽으로 향했다.

이 작은 마전함에는 로이스 이외에 물의 정령 퓨리와 바람의 정령 라샤가 함께 타고 있었다.

아이리스가 전략가의 두루마리에 그려진 지도를 활용할 수 있게 되었기에 마전함 조종석에 붙여 놓았던 미스토스 지도는 로이스가 가져왔다. 이 지도에도 적의 움직임이 붉은 점으로 표시되어 알아볼 수 있었다.

다만 로이스는 길눈이 어두운 편이라 지도만 보고 그 혼자 정확하게 위치를 찾아가는 것은 무리였다. 그래서 길눈이 밝은 라샤를 데려온 것이었다.

또한 퓨리는 언제든 미스토스 방어 결계를 펼칠 수 있어 로이스가 싸우는 동안 소형 마전함을 안전하게 보호할 수 있었다.

촤아아아—

소형 마전함은 빠르게 나아갔다.

그렇게 얼마나 지났을까?

미스토스 지도를 보며 소형 마전함을 조종하던 라샤가 돌연 깜짝 놀라며 외쳤다.

"로이스 님! 뭔가 좀 이상해요."

"이상하다니, 그게 무슨 소리야?"

"지도에 갑자기 알 수 없는 새로운 점들이 생겨났어요."

"새로운 점?"

로이스는 고개를 돌려 지도를 봤다.

과연 라샤의 말대로 지도에 아까는 보이지 않았던 점들이 보였다.

지금 이곳 소형 마전함을 중심으로 일정 반경 이내에 위치한 적들이 붉은 점으로 표시되게 되어 있는데, 이미 그롤들의 위치는 표시되어 알고 있었다.

그런데 갑자기 없던 흑색의 점들이 소형 마전함 가까운 부근에 나타났다는 것이 특이했다. 그리고 그 점들이 점점 많아지고 있었다. 어느새 그 점들은 소형 마전함 주위를 원형으로 포위했다.

"이게 뭘까요?"

"놀랄 거 없어. 곧 뭔가가 나타나 날 공격해 온다는 뜻이겠지."

로이스는 대수롭지 않게 말했다.

그리고 곧바로 아공간에서 무기들을 꺼냈다.

왼손에는 마검 다켈을 쥐고 오른손에는 할버드를 쥐었다.

"놈들이 날 노리고 있는 것 같으니까 너희들은 일단 숨어 있어. 곧 전투가 시작될 거야."

"네, 로이스 님."

소형 마전함이 부서지면 이 수중 세계를 빠르게 이동할 수 없게 되어 여러모로 불편해진다.

따라서 전투가 시작되기 전에 미리 피해 있으면 안전할 것이다.

곧바로 퓨리는 수초들이 깔린 인근 바닥으로 소형 마전함을 이동시킨 후 주위로 미스토스 방어 결계를 펼쳤다.

그사이 로이스는 호수의 수면 위로 올라가 물결 위를 딛고 담담히 서 있었다.

언제부터인가 그는 따로 신경 쓰지 않아도 물위를 평지처럼 걷거나 뛸 수 있게 됐다.

원하면 언제든 잠수할 수 있지만, 그렇지 않을 땐 물은 육지나 마찬가지인 것이다.

'숫자가 꽤 많아 보이니 내가 유리한 곳에서 싸우는 게 좋겠지.'

물속보다는 수면 위에서 로이스의 전투력은 훨씬 막강해진다.

물론 최근에는 수중 전투 전술 단계도 꽤 올라 물속의 움직임도 제법 빨라지긴 했지만 말이다.

스스스스.

그런데 그때였다.

로이스가 서 있는 호수의 수면이 멀리서부터 점점 흑색으로 변하는 것이었다.

'물의 색이 왜 검게 변하는 거지?'

뭔가 이상하다는 생각이 들었을 때는 이미 시야에 들어온 수면의 모든 색이 흑색으로 변한 상태였다.

스스스스.

거기서 끝이 아니었다. 갑자기 어둠이 밀려오는 듯하더니 푸른 하늘도 온통 어둠으로 뒤덮였다.

"뭐야? 또 결계인가?"

로이스는 못마땅한 표정으로 주변을 살폈다.

딱 봐도 결계가 펼쳐지고 있는 것 같아서다.

"그냥 좀 나타날 것이지 귀찮게 하는군."

그러나 로이스의 표정 어디에도 두려움은 찾아볼 수 없었다.

사방이 어둠으로 변한다 해도 그는 그 어둠 속을 환한 대낮처럼 꿰뚫어 볼 수 있는 능력이 있기 때문이었다.

"크크크크크크!"

그때 어디선가 음침한 웃음소리가 들려왔다.

그와 동시에 번쩍 로이스의 앞에 모습을 드러낸 거대한 오우거.

머리에 박힌 붉은 뿔!

오우거와는 절대 어울리지 않아 보이는 눈처럼 하얀 피부!

저 이질적이고 괴상한 조합은 대체 무엇이라는 말인가?

그러나 로이스는 그가 누군지 아주 잘 알고 있었다.

그간 몇 번 본 적이 있었기 때문이다.

"꽤 오랜만이네, 마왕 데세오."

그렇다. 그 오우거는 바로 마왕 데세오였다. 물론 지금 나타난 것은 실체가 아닌 환영이었다.

"크크크크! 나를 보고 지금 반갑다고 인사를 하는 것이냐?"

데세오는 기막혀하는 표정이었다. 로이스는 싸늘히 웃었다.

"물론 반갑지. 그동안 네가 안 나타나서 심심했거든. 오늘은 부하들만 보내지 말고 네가 직접 한번 덤벼 보는 게 어때? 설마 내가 두려워서 피하는 게 아니라면 말이야."

로이스는 슬쩍 데세오를 도발했다.

모든 것을 떠나서 로이스는 마왕과 한번 싸워 보고 싶었다.

물론 진다는 생각은 전혀 하지 않았다. 당연히 이길 것이라는 생각이었고, 그것을 확인하고 싶을 뿐이다.

그러자 데세오의 두 눈에서 마치 번개가 치는 듯 하얀 빛이 번쩍였다.

"미스토스 기사 로이스! 이것은 내가 너에게 주는 마지막 경고이자 기회이다."

"경고이자 기회? 그게 무슨 소리냐?"

"나의 권속이 되어 내게 충성을 바친다면 너를 최상급 마족 수준으로 대우해 주마. 그리고 네가 원한다면 라키아 대륙과 피론 호수, 또한 아스피스 성도 모두 네 손에 붙여 주겠다. 어떠냐?"

"또 그 소리인가? 정말 지겹지도 않으냐?"

다른 마왕들인 헤이나크나 크리움은 이런 식으로 로이스에게 제의를 하지 않는데, 유독 데세오만은 로이스를 부하로 만들고자 집착하고 있었다.

"한번 물어나 보자. 대체 왜 나를 너의 부하로 만들려고 하는 거지? 네 밑에는 수많은 마족들과 마물들이 있을 텐데 말이야."

그러자 데세오가 로이스를 노려보며 대답했다.

"그것은 네가 알 바 아니다. 네놈은 나의 제의를 받아들일지의 여부만 말하면 된다."

"당연히 거절이지. 쓸데없는 소리는 닥치고 그만 덤비기나 해라."

그러자 데세오의 눈빛이 섬뜩하게 번쩍였다. 동시에 그의 입이 벌어지며 사악하기 이를 데 없는 미소를 흘렸다.

"크크크크크크, 어리석은 놈! 그것으로 네 운명은 결정되었다."

그 말이 끝나는 순간 데세오의 환영이 사라져 버렸다.

동시에 하늘에 핏빛의 거대한 달이 떠올랐다.

"뭔가 그럴듯한 분위기네."

로이스는 인상을 찌푸린 채 주위를 살폈다. 데세오의 환영은 사라졌지만 주변에서 심상치 않은 기운이 느껴지고 있었기 때문이다.

아니나 다를까, 핏빛으로 빛나는 달 아래 거대한 백색의 오우거가 다시 모습을 드러냈다.

'환영이 아니야.'

로이스의 두 눈이 빛났다.

그렇다. 지금 나타난 것은 마왕 데세오의 환영이 아니라 실체임이 틀림없었다.

"드디어 나와 싸울 생각이 생긴 거냐, 데세오?"

로이스는 아공간의 창고에 할버드를 집어넣으며 말했다.

그리고는 오른손에 마검 다켈을 쥐고 정면을 노려봤다.

상대가 마왕이다 보니 가장 강력한 위력을 지닌 무기 하나만 쥔 것이다.

뭐 결국은 맨손으로 싸우게 될지 모르지만, 그래도 일단 검술로 승부를 보겠다는 것이 로이스의 고집이자 집착이기도 했다.

데세오가 팔짱을 낀 채 웃었다.

"크크크. 네놈은 아직도 네가 처한 상황을 모르는군. 지금 이곳이 어디라 생각하느냐?"

사방 공간이 어둠으로 이루어진 공간. 바닥은 물이 아니라 웬 황무지를 연상케 하는 땅이었다.

로이스는 시큰둥한 표정으로 대꾸했다.

"네가 만든 결계 속이겠지."

"천만에. 이곳은 나의 권역이다."

"권역?"

그게 뭐냐는 식으로 쳐다보자 데세오가 그것도 모르냐는 듯 한심하다는 표정을 지었다.

"마계에서도 나 마왕 데세오의 영역이라는 뜻이다."

"마계? 그럼 여기가 지금 마계라는 거야?"

"크크크, 그렇다. 네놈은 지금 마계로 소환된 것이지. 이제야 네가 어떤 처지에 있는지 깨달았느냐?"

그러자 로이스는 신기한 듯 주변을 다시 살펴봤다.

"어쩐지 이상한 붉은 달이 뜬다 했어. 결계가 아닌 마계여서 그런 거군."

"놀라지도 않는 건가? 이 권역에서 나의 힘은 절대적이다. 나의 허락이 없으면 네놈은 절대 이곳을 빠져나갈 수 없다."

"닥치고 덤벼라. 어차피 널 죽이면 마계이건 뭐건 다 벗어날 수 있겠지."

그 순간 데세오가 픽 웃더니 그 자리에서 사라졌다.

퍽—!

그러다 번쩍 로이스의 바로 앞에서 나타났다. 그리고 그의 거대한 주먹이 로이스의 안면을 후려쳤다. 그 충격에 로이스는 뒤로 멀리 나동그라졌다.

"윽!"

넘어간 즉시 훌쩍 뛰어 일어난 로이스의 얼굴은 피투성이로 변해 있었다.

"후후! 과연 마왕인가? 확실히 차원이 다르긴 하군."

무엇 때문인지 로이스의 얼굴은 희색이 만면했다.

그 모습을 본 데세오는 어이가 없었다. 자신의 주먹에 맞아 얼굴이 함몰될 정도로 부상을 입었는데 인상을 찡그리기는커녕 오히려 웃고 있다니.

"너 혹시 그쪽이냐?"

"그쪽?"

"내 부하 마족들 중에서도 맞을수록 좋아하는 녀석들이

꽤 있지. 혹시 네놈도 그런 유인지를 묻는 것이다."

데세오는 로이스를 최대한 고통스럽게 죽일 생각이었다. 그런데 로이스가 고통을 즐기는 괴상한 부류에 속한다면 얘기가 달라지기 때문이다.

하긴 굳이 답변을 들을 것도 없다. 직접 확인해 보면 되니까. 그는 다시금 로이스를 향해 주먹을 날렸다.

퍽! 퍼퍼퍽!

이번에는 복부였다. 얼마나 무자비하게 후려쳤는지 로이스의 옷이 찢어져 나가 상체가 드러났고 그의 피부가 처참하게 터졌다.

"젠장!"

뒤로 멀리 나가떨어졌다가 비틀거리며 일어난 로이스의 손에서 마검 다켈이 사라졌다. 아공간으로 집어넣은 것이다.

도무지 한 번 휘두를 기회조차 주지 않으니 마검을 들고 있는 것 자체가 무의미했던 것이다.

'나는 언제쯤 검술로 저런 녀석과 한번 제대로 싸워 보나.'

로이스는 전신에 입은 상처로 인한 고통보다 또 다시 결국 맨손으로 싸워야 한다는 것에서 오는 마음의 쓰라림이 더 크게 느껴졌다.

"각오해라, 이 오우거 놈!"

곧바로 전방을 노려보는 그의 두 눈에서 시퍼런 광망이 번쩍였다.

갑자기 달라진 기세에 데세오는 흠칫 놀랐다. 동시에 고개를 갸웃했다.

"지금 뭐하자는 것이냐?"

로이스가 그나마 제법 위력이 있어 보이는 마검을 아공간으로 회수해 버린 것이 도무지 이해가 가지 않았기 때문이다.

더구나 지금 두 주먹을 불끈 쥐고 있는 모습은 마치 자신과 맨주먹으로 결투를 벌이겠다는 의도 같았다.

"크크크, 감히 나 데세오를 상대로 맨손 결투를 하겠다는 건가?"

오우거 형상의 마왕답게 맨손 결투에 있어서는 그야말로 최강의 능력을 보유한 데세오다. 그런 그를 상대로 맨주먹을 들이미는 녀석이 있을 줄이야.

휙!

데세오는 다시 주먹을 뻗었다. 여기선 공간 자체가 그의 것이나 다름없기에 움직임 자체가 보이지 않았다. 멀리서 있다가 로이스의 지척으로 접근해 주먹을 뻗으면 그뿐인 것이다.

휙! 휙휙휙!

그런데 로이스는 별거 아니라는 듯 데세오의 모든 공격을 피했다.

퍽퍽퍽!

그뿐이 아니었다. 언제 후려쳤는지 데세오의 상체 곳곳이 터져 나갔다.

"으으윽! 이건?"

데세오는 이 상황을 믿기 힘든지 두 눈을 부릅떴다. 도저히 이해할 수 없는 불가사의한 움직임을 로이스가 보여 주었기 때문이다.

"뭘 그리 놀라는 거냐?"

로이스의 두 눈에서 다시 시퍼런 빛이 번뜩이는 순간 퍽, 소리와 함께 데세오의 안면이 돌아갔다.

퍽퍽! 퍼퍼퍽! 우드드득! 우지직!

연이어 날아든 로이스의 주먹이 데세오의 머리를 반쯤 함몰시켜 버렸다. 또한 로이스는 오래전부터 거슬렸던 데세오의 붉은색 뿔을 머리에서 뽑아 버렸다.

Chapter 8
대장군 소바로

"크아아아악!"

뿔이 뽑혀 나간 데세오는 비명을 지르며 뒷걸음질 쳤다. 그는 이 상황에 기막혀함과 동시에 로이스를 향해 원독이 가득한 눈빛을 보냈다.

"으드드득! 네놈이 정녕 나를 분노하게 하는구나."

그러나 살벌한 음성과는 달리 그의 몸에서 뿜어져 나오던 강력한 기세는 점점 줄어들었다.

"크크크, 하지만 그래 봤자 내 앞에서는 재롱에 불과할 뿐이다."

그 말을 끝으로 그는 쿵 주저앉았다.

스스스스.

그의 몸체가 시커먼 연기로 변해 흩어졌다. 로이스가 쥐고 있던 뿔도 마찬가지였다.

[미스토스의 은총이 당신의 노력에 대한 보상을 줍니다.]
[당신의 레벨이 올랐습니다.]
[당신의 레벨이 올랐습니다.]
[당신의 레벨이 상급 10이 되었습니다.]
[당신의 전투력이 대폭 상승했습니다.]
[당신의 최대 맷집과 최대 미흐가 대폭 상승했습니다.]

"뭐냐? 설마 이게 끝인가?"

재롱이 어쩌고 하더니 죽는 건 대체 뭐냐?

물론 덕분에 레벨이 2단계나 오른 건 좋은 일이지만, 마왕치고는 너무 허무한 상대였다.

굳이 따지자면 얼마 전 치열하게 결투를 벌였던 수호룡 이네르타보다 못한 수준이었던 것이다.

그런데 그때였다.

[당신은 마왕 데세오의 권역에 소환된 상태입니다.]

[권역에서 벗어나 본래의 장소로 귀환하려면 마왕 데세오를 처치해야 합니다.]

"어라? 아직 그놈이 죽지 않은 거야?"

데세오가 죽었다면 저와 같은 내용이 나타나지 않았을 것이다.

바로 그때 어둠의 저편 어디선가 음산하기 이를 데 없는 웃음소리와 함께 데세오의 음성이 울려 퍼졌다.

"크카카카카카카! 애송이 놈! 고작 나의 분신을 처치한 것으로 기고만장할 것 없다. 자신 있으면 나의 본신이 있는 곳으로 들어와 보아라! 기다리고 있으마!"

그 말과 함께 어둠 속 저 멀리에 번개가 내리쳤다.

번쩍! 콰르르르! 쿠콰쾅! 번쩍!

번개가 칠 때 일어난 시퍼런 빛으로 인해 거대한 흑색 성의 모습이 환상처럼 보였다.

'분신이었다고?'

그럼 본신이 따로 있다는 얘기였다.

하긴 그러면 그렇지. 명색이 마왕인데 그토록 약할 리가 없었다.

'어쩐지 이상하다 했어. 그럼 저 성에 데세오의 본신이

있는 건가.'

왜 본신이 나타나지 않고 로이스에게 오라고 말하는 것인지 의문이긴 했다.

'무슨 꿍꿍인지 모르겠지만.'

어차피 로이스로서는 선택의 여지가 없었다.

이 마계의 권역에서 나가기 위해서는 데세오를 반드시 처치해야 하기 때문이다.

'꽤 멀리 있는 것 같으니 서둘러야겠군.'

데세오를 처치하고 빨리 돌아가야 아스피스 성으로 향하는 그롤 군단을 상대할 수 있다.

만약 여기서 로이스가 발이 묶여 버리면 아스피스 성은 수많은 그롤들과 타락한 용자 부대의 합공을 받게 되어 상당한 곤경에 처할 가능성이 높기 때문이다.

*　　　*　　　*

한편 용자 칼리스의 동굴.

로이스가 떠나자마자 이곳 동굴로 수많은 이들이 몰려왔다.

그들은 놀랍게도 머맨과 머메이드들이었다.

그러나 칼리스의 인어국에 있던 머맨과 머메이드들이 아

니라 매우 사악한 기운을 풍겨 냈다. 그들의 체구는 보통의 머맨이나 머메이드보다 2배는 되었고, 하체의 비늘은 음침한 흑색 빛이었다.

"키키키키!"

"크크크크!"

그것들을 이끄는 것은 신장이 무려 10로빗은 되어 보이는 거대한 머맨이었다.

"머맨 왕 칼리스! 네가 기어코 용자가 되었구나."

"그대는 누구인가?"

칼리스는 동굴 안에서 밖을 노려보며 외쳤다. 그러자 자이언트 머맨이 대답했다.

"나는 마왕 데세오 님의 권속 마족인 나티라두스다. 순순히 미스토스의 결계를 풀고 항복을 하면 목숨만은 살려 주마. 그러나 헛된 요행을 바라고 저항한다면 네겐 처참한 파멸뿐이다."

그러자 칼리스가 나티라두스를 노려보며 외쳤다.

"항복이란 없다. 죽을 때 죽더라도 끝까지 싸우다 죽을 것이니 더 이상 헛소리 따위는 집어치워라."

"어리석은 용자 놈! 미스토스 결계를 믿고 있나 본데 그것이 과연 너를 지켜 줄 수 있으리라 믿느냐?"

나티라두스는 슥 고개를 돌려 한쪽을 쳐다봤다.

그러자 그곳에 검은 후드를 눌러쓰고 있는 한 여인이 커다란 조개껍질 형상의 탑승물을 탄 채 서 있었다.

"용자 제라칸의 권속이여! 그대의 이름이 무엇인가?"

"파디안이라 하옵니다, 나티라두스 님."

여인 파디안은 고개를 숙였다. 나칸의 제자 중 하나였던 그녀는 나칸이 패배하고 사라지자 곧바로 몸을 피해 변방 소국의 암흑가에 숨어 있었다. 그러다 최근 나칸에 의해 소환되어 제라칸의 부하가 되었다.

"그대는 미스토스의 결계를 해제할 수 있느냐?"

파디안은 미소 지었다.

"물론이옵니다. 제라칸 님께서 저를 나티라두스 님께 보내신 이유가 바로 그것 때문입니다."

그러자 나티라두스의 입가에 음침한 미소가 맺혔다.

"그럼 어서 결계를 해제하여라."

"명을 받들겠습니다."

파디안은 의미심장한 미소를 흘리더니 앞으로 손을 내밀며 뭐라 주문을 외웠다.

"아려르령 애끄르드……!"

순간 칼리스의 동굴을 보호하던 미스토스의 방어 결계가 흔적도 없이 사라져 버렸다.

"이, 이런!"

"아앗! 결계가 해제됐어요."

어떻게든 침착함을 유지하려던 칼리스의 표정이 당혹감으로 물들었다. 이네르타 역시 사색이 되고 말았다. 미스토스 방어 결계가 사라진 이상 수천 명도 넘는 마물 인어 군단으로부터 동굴을 지키기란 불가능한 일이기 때문이다.

그러자 스텔라가 칼리스 등을 향해 외쳤다.

"당황할 것 없어. 내가 저들을 막을 테니 당신들은 미스토스가 쌓이는 대로 다시 결계를 만들어."

스텔라는 자신이 몬스터들을 처치해도 칼리스에게 미스토스가 쌓인다는 사실을 들어 알고 있었다. 로이스의 용병 계약이 그의 부하인 스텔라에게도 그 효력을 미치기 때문이다.

"알았다. 그대를 믿겠다."

"당신의 말대로 하겠어요."

칼리스와 이네르타는 잔뜩 긴장한 기색이었다.

반면에 스텔라는 담담했다. 그녀는 후드를 슥 눌러쓴 채 전방을 노려봤다.

'저 마족만 해치우면 나머진 함부로 날뛰지 못할 거야.'

그녀는 마족 나티라두스를 노려봤다. 동시에 그 뒤쪽 조개 형상의 탑승물을 타고 있는 마법사 파디안도 힐끗 노려봤다.

'살아 있었구나, 파디안.'

나칸의 심복 중 하나였던 스텔라였기에 누구보다 나칸의 제자들에 대해서도 잘 알고 있었다.

나칸이 사라진 이후 그의 제자들 중 다수가 실종되거나 잠적한 상태였는데, 결국 이렇게 만나게 될 줄은 몰랐다.

'가만! 그러고 보니 분명 제라칸의 뜻이라고 했어. 그럼 설마 나칸이 제라칸에게 간 것일까?'

나칸의 제자인 파디안이 제라칸의 하수인이 된 것은 결코 우연이라 할 수 없었다.

당연히 나칸이 제라칸의 하수인이 되었음을 의미했다.

그 이후 나칸이 자신의 제자인 파디안을 끌어들였을 것이다. 그녀 말고 다른 제자들도 다수가 그렇게 되었을 가능성이 높았다.

흑탑의 어새신들이 계속 추적하고 있지만 중 나칸의 제자들 중 대부분은 종적을 찾을 수 없었기 때문이다.

'나칸! 넌 절대 용서 못해. 반드시 내 손으로 널 죽이고 말겠다.'

그런 각오를 다지면서도 스텔라의 움직임은 멈추지 않았다. 두 자루의 단검을 빠르게 휘두르며 동굴로 접근하는 마물 머맨들과 머메이드들을 사정없이 도륙했다.

서걱! 촥! 촤악!

"아아악!"

"크아아악!"

사르곤 제국의 전설적 어새신으로 불리던 그녀였다. 최근에는 그림자 스승을 통해 전투력의 경지가 한 단계 상승하기도 했다.

그렇게 전투력의 차이가 엄청나다 보니 마물 머맨들과 머메이드들은 마치 스텔라의 앞으로 가서 죽임 당하기를 기다리는 것처럼 보였다.

순식간에 수십여 명의 마물 인어들이 무참히 토막 나자 마족 나티라두스는 인상을 찌푸리더니 스텔라를 향해 빠르게 돌진해 왔다.

"풋내기 용자 밑에 의외로 쓸 만한 실력을 가진 존재가 있었군. 그러나 거기까지다."

그 말이 끝나자마자 시커먼 물들이 몰아쳐 스텔라를 둘러싸 버렸다.

추아아아아!

암흑의 수중 결계였다.

나티라두스는 스텔라와 결투를 벌이기보다는 잠시 그녀를 결계를 가둬 시간을 번 후 그사이 칼리스의 동굴을 점령할 심산이었다.

"방해자가 사라졌으니 이제 용자의 동굴을 점령해라. 용자는 죽이지 말고 끌고 내 앞으로 데려오도록 해. 산 채로 심장을 꺼내 먹어야 맛있거든."

"키키키킥!"

"크크크크!"

마물 머맨들과 머메이드들이 우르르 동굴로 몰려갔다.

'그러고 보니 용자의 심장을 먹어 본 지 너무 오래됐구나.'

나티라두스는 멀리 동굴 안에서 불안한 표정을 짓고 있
는 칼리스를 노려보며 입맛을 다셨다.

그런데 그때 용자의 동굴로 몰려갔던 마물 인어들이 일
제히 피투성이가 되어 뒤로 튕겨 나왔다.

"크아아악!"

"으아악!"

놀랍게도 그사이 미스토스 방어 결계가 만들어진 것은
물론이고, 동굴 안쪽에 커다란 변화가 생겨났다. 갑자기 동
굴의 규모가 거대하게 변한 데다 수천 명의 머맨과 머메이
드 전사들이 기세등등하게 포진하고 있는 것이었다.

'저것은?'

그것을 본 나티라두스는 두 눈을 부릅떴다. 그는 지금 용
자 칼리스의 동굴에 대거 나타난 머맨과 머메이드 전사들
이 어떤 존재인지 간파한 것이다.

'미스토스 용병이 분명하다. 이게 어찌 된 일인가?'

미스토스 용병들뿐 아니라 동굴 곳곳에 방어를 위한 장

치들도 생겨났다. 동굴 가까이 접근하면 강력한 수창들이 쏟아져 나오기도 하고 인근의 물이 뜨겁게 끓어오르거나 반대로 얼어 버리기도 했다.

모두 미스토스의 힘으로 만들어진 것들이라 마족이라 해도 무시하기 힘든 무서운 장치들이었다.

'믿을 수 없군. 이제 갓 용자가 된 풋내기 녀석에게 저리 많은 미스토스가 있었다는 말인가?'

나티라두스는 그것이 의문이었다.

그러나 그가 어찌 상상이나 하겠는가.

이때쯤 로이스가 마왕 데세오의 분신을 쓰러뜨려 그를 용병으로 고용한 칼리스에게 대량의 미스토스가 쌓이게 된 것임을 말이다.

집사 이네르타에게는 그것이 마치 기적과 같이 느껴졌다. 그녀는 머뭇거리지 않고 집사로서 할 수 있는 최선의 방어 조치를 취했다.

순식간에 작은 동굴 수준이던 용자 칼리스의 동굴은 거대한 요새형 동굴로 확장되었다. 동굴 안의 공간은 능히 거대한 성이라도 들어설 수 있을 만큼 넓어졌고, 갖가지 건물들도 생겨났다.

입구 쪽에는 병영들을 비롯한 전투 시설들이 대거 세워졌고, 그사이 고용된 미스토스 용병들이 적재적소에 배치

되어 마물 군단을 상대했다.

또한 당연히 미스토스 방어 결계도 복구된 상태였다.

이에 나티라두스가 이를 갈았다.

"파디안! 무엇 하고 있느냐? 어서 저 방어 결계를 없애 버려라."

"명을 받들겠어요."

파디안은 다시 손을 뻗어 주문을 외우려 했다.

그런데 바로 그 순간 그녀의 두 팔이 알 수 없는 힘에 의해 그대로 잘려 나갔다.

서걱!

"아아악!"

깜짝 놀람과 동시에 찾아온 고통에 비명을 지르는 그녀의 앞에 환영처럼 나타난 흑색 후드 소녀.

물론 그녀는 스텔라였다. 그사이 암흑 결계를 깨뜨리고 밖으로 나온 것이다.

나티라두스가 펼친 암흑 결계는 내부에서 강한 충격을 주게 되면 깨지게 되어 있는 터라 어차피 오래 그녀를 붙잡아 둘 수는 없었다.

· 그러나 그 정도 시간이면 충분히 용자 칼리스를 제압할 수 있다 생각했는데, 뜻밖의 일이 발생해 오히려 칼리스의 요새는 더욱 강력하게 변해 버렸다.

그리고 그사이 스텔라가 결계를 뚫고 나와 나티라두스가 아닌 파디안을 공격한 것이다.

"너, 너는 스텔라! 네가 어떻게 이곳에!"

파디안은 스텔라의 정체를 알아보고 치를 떨었다. 스텔라의 두 눈이 차갑게 빛났다.

"조용히 숨어 지낼 것이지 하필 타락한 용자의 하수인이 되었느냐?"

"닥쳐! 너야말로 스승님을 배신하고 그 로이스란 놈에게 붙었다고 하더니 역시 사실이었구나. 네년이 배신하지 않았다면 스승님이 그리 허무하게 당하지 않았을 것이다."

"나칸에게 가서 전해. 조만간 그 목숨을 내가 완전히 끊어 주겠다고."

서걱!

그 말을 끝으로 스텔라는 파디안의 목을 잘라 버렸다.

그런데 목이 잘리는 순간 그녀의 몸은 알 수 없는 광채에 휩싸인 채 어디론가 사라졌다.

'용자의 성으로 소환되었군. 역시 예상대로야.'

스텔라가 죽음 직전에 소환되어 살아나듯이 제라칸의 부하인 파디안 역시 마찬가지인 것이다.

어쨌든 파디안이 소환된 이상 이제 마족 나티라두스의 힘으로는 용자 칼리스의 미스토스 결계를 해제할 수 없게 됐다.

이에 격분한 나티라두스가 스텔라를 잡아먹을 듯 노려보며 돌진해왔다.

"가증한 인간이여! 네가 모든 걸 망쳐 놨구나. 도저히 용서할 수 없다! 죽음의 징벌을 내리겠다!"

"흥! 그건 내가 할 소리야."

스텔라 역시 물러나지 않았다. 용자 칼리스의 동굴이 점령될까 걱정하지 않아도 되는 이상 그녀는 이제 전력을 다해 마족과 승부를 펼칠 수 있기 때문이었다.

그러나 승부는 쉽게 끝나지 않았다.

스텔라가 일방적으로 나티라두스를 몰아붙이긴 했지만 마족 특유의 불가사의한 생명력으로 인해 금세 부서진 몸체가 복원되어 버리니 문제였다.

그렇다 해도 나티라두스 하나뿐이면 어떻게든 끝장을 보았을 것이다.

문제는 주변의 수많은 마물 인어들이었다.

나티라두스와 마물 인어들의 합공 앞에 결국 스텔라는 칼리스의 동굴 안으로 후퇴했다.

"안 되겠군. 마족! 넌 다음에 두고 보자."

"감히! 어딜 달아나느냐?"

나티라두스가 추격해 왔지만 용자 칼리스의 동굴 안으로

들어오지는 못했다. 미스토스의 방어 결계가 그를 가로막았기 때문이다.

"크큭! 가소로운 것들 같으니! 언제까지 미스토스 결계가 너희를 지켜 줄 거라 생각하느냐? 이제 곧 지원군이 도착한다. 제라칸의 하수인들도 다수 도착할 것이다. 기다려라! 그때가 되면 모조리 다 죽여 줄 테니!"

나티라두스는 칼리스의 동굴을 노려보며 이를 갈았다.

*　　　*　　　*

그사이 아이리스 등은 마전함을 타고 인어국에 진입했다.

그러자 머맨들과 머메이드 전사들이 마전함의 앞으로 몰려들었다. 그리고는 곧장이라도 공격할 태세로 외쳤다.

"멈춰라! 이곳은 인어국의 영역이다. 외부의 존재들은 더 이상 접근하지 말라."

아이리스가 싸늘히 외쳤다.

"나는 샤론 대륙의 용자이자 머맨 왕이신 칼리스 전하의 뜻에 의해 인어국의 대재상이 되었다. 그대들이 나를 가로막는 것은 반역을 의미하는 것이니 모두 물러나라."

그 말과 함께 아이리스는 머맨 왕의 신분을 의미하는 왕관을 보여 주었다. 이 왕관은 칼리스가 자신이 쓰고 있던 것을 내준 것으로, 아이리스가 인어국의 사악한 세력을 몰아낼 수 있도록 그가 힘을 실어 준 것이었다.

대재상이란 신분은 본래 인어국에 존재하지 않았지만, 아이리스가 국왕의 권한을 대행하기 위해 만들어 낸 것이었다.

물론 그렇다고 그녀는 인어국에서 대재상 노릇을 하며 쭉 지낼 생각은 없었다. 몇 가지 중요한 일만 처리하고 인어국을 떠날 생각이었으니까.

그녀가 인어국에서 해야 하는 가장 우선적인 일은 마족이나 타락한 용자의 하수인들을 모조리 찾아내 제거하는 것이었다.

다만 그것은 생각처럼 쉬운 일이 아니었다.

당장 눈에 띌 만큼 사악한 기운을 풍기는 이들이라면 쉽게 찾아낼 수 있지만, 대부분은 그런 것을 감추고 있기 때문이다.

그렇다고 대신들이나 관료, 기사들을 모조리 다 죽여 버릴 수도 없는 일이었다.

'대장군 소바로! 일단 그를 찾아야 해. 그를 사면하고 복귀시키면 일이 쉬워질 거라고 했으니까.'

아이리스가 동굴을 떠나기 전 칼리스가 왕관을 내어 주며 한 말이었다.

'대장군 소바로는 선왕 때부터 인어국을 지켜 온 충신이었다. 그런데 대신들의 모함을 받아 반역도로 몰려 지하 감옥에 수감되었다. 그때 나는 대신들의 뜻을 거절할 수 없어 그를 수감시켰지만, 내가 볼 때 그는 절대 반역을 꾀할 자가 아니다. 모든 것이 나의 무능함과 나약함으로 인해 벌어진 일. 그에게 진심 으로 미안하게 생각한다……'

칼리스는 대신들이 왜 그 같은 일을 벌였는지 모르겠다 고 했지만, 제국의 황녀 출신인 아이리스는 아주 잘 알고 있었다.

권력의 중심에 있던 대장군을 모함하여 밀어내면, 그간 그의 눈치를 보느라 쩔쩔매던 대신들이 인어국의 정사(政事)를 마음대로 처리할 수 있기 때문이다.

이는 인어국뿐 아니라 어느 나라에나 있는 일이었다.

군주가 바로 서 있지 않으면 충신들은 모함당하거나 쫓겨나가고 간신들이 득세하여 정사를 자신들의 입맛에 맞게 주무르기 때문이다.

간신들에게 있어 충의의 상징과도 같은 대장군 소바로는 얼마나 눈에 거슬리는 존재이었겠는가.

"다시 한번 말하노라. 나는 인어국의 대재상 아이리스

다. 이제부터 내 앞을 가로막는 이들은 모두 반역도로 보아 지위 고하를 막론하고 누구든 처단할 것이다.”

아이리스의 말투는 물론이고 시선 하나에도 위엄이 흘렀다. 이는 루니우스나 로디아로서도 쉽게 흉내 내기 힘든 선천적인 위엄이었다.

그래서인지 수많은 머맨들과 머메이드 병사들이 그녀의 눈치를 보며 슬금슬금 앞을 비켜 주었다.

지휘관들 또한 마찬가지였다. 무엇보다 아이리스의 손에 머맨 왕의 왕관이 들려 있었기 때문이었다.

그러나 항상 그렇듯 이런 상황에서도 반기를 드는 이들은 있기 마련이다.

인어국의 천부장 하나가 대뜸 창을 앞으로 겨누고 외쳤다.

“크흐흣! 그 말을 어찌 믿느냐? 감히 국왕 전하를 저주받은 샤론 대륙으로 이끌고 간 네년이야말로 반역도가 분명하렷다. 다들 뭣들 하느냐? 저들을 일제히 공격해 없애 버려라!”

천부장의 두 눈이 붉게 물들어 있었다. 단순히 분노해서가 아니라 알 수 없는 사악한 기운이 느껴졌다.

‘마족의 하수인이 분명해.’

그것을 확인한 아이리스는 왼손을 살짝 까딱였다. 루니우스에게 신호를 보낸 것이다.

착!

그것이 끝이었다. 섬광 하나가 번쩍이는가 싶더니 천부장의 몸은 머리부터 하체까지 정확히 두 쪽이 나 버렸다.

"크으으윽!"

천부장은 처참한 비명과 함께 즉사했다.

그것을 목격한 머맨과 머메이드들이 두려워 떨었다.

아이리스가 더욱 안색을 굳힌 채 말했다.

"보았느냐? 내 앞을 막는 자는 죽을 것이다. 누구든 또 막아 보아라."

그러자 아무도 막는 이가 없었다.

아이리스는 다시 마전함에 탑승했다. 마전함은 유유히 나아가 인어국 궁전으로 입궁했다.

그 즉시 대전으로 대신들을 모은 아이리스는 그들을 훑어보며 크게 외쳤다.

"지금 즉시 지하 감옥에 갇혀 있는 소바로의 형을 중지하고 그를 대장군으로 복귀시킬 것이다."

쿠웅!

마치 벼락이라도 맞은 듯 대신들 중 다수가 몸을 떨었다. 그들은 그게 무슨 말이냐는 듯 아이리스를 만류했다.

"그는 반역도이옵니다."

"어찌 반역을 도모한 자를 방면한다는 것이오?"

"대장군 복귀라니 말도 안 되는 일입니다!"

순간 아이리스의 차가운 눈빛이 대전을 쓸었다.

"나는 지금 그대들의 뜻을 묻는 게 아니라 머맨 왕 칼리스 전하의 명령을 대신 내린 것이다. 한 번 더 이에 토를 다는 자가 있으면 그 즉시 참수할 것이다. 근위 기사들은 지금 즉시 소바로를 이곳으로 데려오라."

"명을 받드옵니다."

대신들이 두려워 떨었다. 곧바로 근위 기사들이 지하 감옥으로 가 사슬에 묶여 있는 머맨 소바로를 데려왔다.

보통의 성인 머맨의 두 배는 됨 직한 거대한 체구.

푸른색의 머리카락에 푸른 비늘을 가진 그의 눈빛은 오랜 수감 생활에도 죽지 않고 살아 있었다.

"왜 그의 사슬을 풀지 않느냐?"

아이리스가 묻자 대신들이 꺼림칙한 기색으로 대답했다.

"그 사슬은 묶인 자가 마나를 쓸 수 없도록 특수하게 제작된 것이옵니다."

"그렇습니다. 그것을 풀게 되면 소바로는 모든 힘을 다 쓰게 될 것이고, 그때는 누구도 소바로를 막을 수 없습니다."

그들은 소바로가 힘을 되찾는 것을 극도로 두려워하는 듯했다.

그것은 당연했다. 소바로는 태생적으로 그 어떤 저주도

통하지 않을 뿐 아니라 도검으로 찔러도 피부가 상하지 않는 불괴의 신체를 가졌다.

또한 그가 손에 검을 쥐면 수천 명의 머맨 전사들이 달려들어도 당해 낼 수 없었다.

인어국 역사상 최강의 검사가 바로 소바로였다.

만약 머맨 왕의 명령에 의해 그 스스로 봉인의 사슬을 받아들이지 않았다면 강제로 그를 감옥에 수감시키기란 불가능했을 것이다.

그런 그가 힘을 되찾으면 그를 모함했던 이들은 앞으로 기를 펴지 못하게 될 것이다. 심하면 모조리 죽임을 당할 수도 있었다.

따라서 대신들이 저리 꺼림칙해하는 것이었다.

그때 소바로가 슥 고개를 들어 아이리스를 쳐다봤다.

"그대는 누구이기에 머맨 왕 칼리스 전하의 왕관을 들고 있느냐?"

그의 눈빛이 칼날처럼 쏘아져 왔지만 아이리스는 담담히 그 시선을 받았다.

"칼리스 전하께서는 샤론 대륙의 용자가 되신 연유로 직접 궁에 돌아오지 못하셨고 나로 하여금 직무를 대행하라 하셨다. 전하께서는 그대가 결코 반역을 꾀하지 않았다는 사실을 알고 있으며, 모든 것은 대신들의 모함에 의한 것임을 스스로 밝히셨다. 그대에게 미안하다는 말도 전하라 하셨지."

"그, 그게 정말이오? 전하께서 진정 용자가 되셨다는 것이?"

소바로는 그 자신의 무고함이 밝혀진 것보다 칼리스가 용자가 되었다는 사실에 격동하는 표정이었다.

아이리스는 미소를 지었다.

"그렇다. 그분은 이제 샤론 대륙의 용자로서 사악한 마왕과 맞설 힘을 얻고 계신다. 소바로! 그대는 이제 대장군으로 복귀하여 인어국을 정비하고 칼리스 전하의 힘이 되어야 할 것이다."

"여, 여부가 있겠소이까? 소신 소바로, 명을 받들겠소이다."

그 말이 끝나는 순간이었다. 그를 묶고 있던 봉인의 사슬이 그대로 먼지로 변해 흩어져 버렸다.

"저, 저럴 수가!"

"으으, 사슬이 저절로 끊어지다니."

그 순간 소바로의 몸에서부터 피어나는 기세는 가히 대전 전체를 압도할 지경이었다.

루니우스가 묘한 미소를 흘리며 그를 쳐다봤다.

'머맨 중에도 그랜드 마스터의 경지에 이른 이가 있다니 놀라운 일이로구나.'

Chapter 9
언데드 용자

　루니우스에 비하면 아직 멀었지만 소바로는 인간으로 치면 초인지경의 초입에 들어선 상태였다. 따라서 미스토스의 봉인 팔찌가 아닌 일반 마법의 팔찌 따위로는 그런 그를 구속하는 것 자체가 애초부터 불가능한 일인 것이다.

　그런데도 그 스스로 사슬을 풀지 않았다는 것은 비록 억울하다 해도 국왕의 명령을 거스르지 않겠다는 충심에서 비롯된 것이리라.

　아이리스 또한 그 사실을 간파했기에 내심 감탄했다.

　'정말로 우직할 정도로 충성스러운 자야.'

　사르곤 제국에서도 저 같은 충신은 찾아보기 힘들었다.

유일하게 있다면 카로드 공작가의 인물들뿐이었다. 카로드 공작과 루니우스 후작, 그리고 세리나 후작 정도였다.

'이런 충신을 중히 썼으면 인어국이 이 꼴은 되지 않았을 텐데 정말 한심해.'

그러고 보니 참으로 대책이 없었던 머맨 왕이었다.

소바로가 대장군직에 그대로 있었으면, 비록 수호룡 이네르타를 물리칠 수는 없다 해도 지금처럼 인어국에 마족의 하수인들이 설치지는 못했을 것이다.

"크하하하하! 칼리스 전하께서 용자가 되시다니! 선왕 전하께서 그토록 바라시던 숙원이 드디어 이루어졌도다! 이것이 정녕 꿈이 아니고 현실이란 말씀입니까?"

소바로는 크게 웃었지만 그의 눈에서는 눈물이 흘러나왔다. 그 역시 칼리스가 용자가 되기를 간절히 바라고 있었던 것이다.

아이리스가 고개를 끄덕였다.

"물론 꿈이 아니고 현실이다, 소바로 대장군. 이제 나는 그대에게 인어국의 모든 군권을 맡길 것이니 그대는 지금 즉시 전쟁 준비를 하도록 하라."

"전쟁이라 하셨습니까?"

소바로뿐 아니라 대신들도 모두 놀라는 표정이었다.

갑자기 웬 전쟁이라는 말인가?

그러자 아이리스가 싸늘히 대전을 훑어보며 말했다.

"잠시 후면 이곳 인어국을 향해 마족들이 마물 군단을 이끌고 들이닥칠 것이다. 아직은 용자로서 칼리스 전하의 힘이 미약한 터라 그분의 지원을 바랄 수는 없는 터, 인어국의 힘으로 마족들을 모두 물리쳐야만 할 것이다."

그러자 소바로가 즉시 부복하며 외쳤다.

"대재상의 명을 받들겠습니다. 하오나 그 전에 반드시 처리해야 할 일이 있사오니 부디 윤허하여 주시옵소서."

"그게 무엇인가, 소바로 대장군?"

"인어국을 위태하게 만든 간신의 무리를 필히 처단해야 하옵니다. 만일 그들이 머맨 왕 전하를 미혹하지 않았다면 전하께서는 훨씬 더 일찍 용자가 되셨을 것이옵니다."

아이리스가 미소 지었다.

"그렇지 않아도 전하께서는 그에 대한 일을 그대에게 맡기라 하셨다. 대장군의 중임을 맡아 그대의 어깨가 무겁겠지만, 이 일 또한 그대 외에는 적격자가 없구나."

"맡겨 주신다면 신명을 바쳐 임무를 완수하겠나이다."

소바로의 두 눈에서 번갯불 같은 안광이 번쩍였다.

순간 대신들 중 다수의 안색이 새하얗게 질리고 말았다.

"어, 어찌 저런 무도한 자에게 그런 중임을 맡기시옵니까?"

"소바로는 반역을 도모했던 자이옵니다. 명을 거둬 주소서, 대재상!"

"부디 통촉하여 주시옵소서, 대재상!"

그들은 지푸라기라도 잡는 심정으로 아이리스에게 명을 거둬 달라고 간청했지만 돌아오는 건 싸늘한 조소뿐이었다.

"대장군은 지금 즉시 임무를 수행하도록 하라. 또한 대신들은 들으라. 그대들은 대장군을 도와 속히 마족들과 타락한 용자의 간세를 모두 제거하여야 한다. 또한 무고하게 징벌을 받아 석상이 되어 있는 머맨과 머메이드들의 저주를 풀 방도 또한 찾아야 할 것이다."

"명을 받들겠습니다, 대재상."

대신들 중 모두가 소바로를 두려워한 건 아니었다. 그들 중 일부는 소바로의 복귀를 환영하는 기색이 역력했다.

소바로는 자신이 역도로 몰린 후 좌천되었던 옛 부하들을 다시 불러들였다. 모두 한직으로 밀려나거나 계급이 강등되어 있기도 했고, 일부는 석화의 징벌을 받아 석상이 되어 있기도 했다.

소바로는 그들을 군의 천부장급 지휘관으로 복귀시켰다.

마찬가지로 간신들이 득세하자 관직을 버리고 재야로 나가 조용히 물고기나 키우며 살고 있던 유능한 인재들도 궁전으로 불러들였다.

그들은 소바로 대장군의 복귀로 인해 어둠 속에서 희망을 찾았다는 듯 희색이 만면했지만, 그보다 그들의 국왕인 칼리스가 샤론 대륙의 용자가 되었다는 말에 더욱 기뻐했다.

아이리스는 대재상으로서 소바로에게 힘을 실어 줄 뿐 직접적으로 일을 처리하지는 않았다.

이는 인어국의 일은 인어국의 구성원들이 스스로 처리하는 게 후일을 위해서도 좋을 것이란 생각에서였다.

그녀는 어차피 잠시 후면 이곳을 떠날 것이기 때문이다.

'인어국에 소바로라는 유능한 충신이 있어 정말 다행이구나.'

그가 없었더라면 아이리스 등이 아무리 틀을 잘 짜 놓는다 해도 인어국이 안정되는 데는 상당한 시간이 걸렸을 것이다.

다만 석화된 인어들의 저주를 푸는 것은 천재 마법사인 로디아가 직접 나서 주었다.

그녀는 성장의 선물인 마법서 아르니아를 통해 석화의 저주를 푸는 비법을 알아냈고, 그로 인해 억울하게 석상이 되어 있던 수많은 머맨과 머메이드들이 정상으로 돌아왔다.

그중에는 붕이와 잉이의 주인인 타샤도 있었다.

"아, 여기는?"

석상 상태로 굳어 있다 저주에서 풀려난 타샤를 보자 그녀의 펫들인 붕이와 잉이가 신이 났는지 주위를 빙빙 돌았다.

"안심해요, 타샤."

로디아는 타샤에게 간략하게 그간의 사정을 알려 줬다. 그러자 타샤의 얼굴은 기쁨으로 가득 찼다.

"칼리스 전하께서 용자가 되셨다고요? 그리고 소바로 대장군님이 누명을 벗고 복귀하셨다니! 정말 꿈만 같은 일이군요."

타샤뿐 아니라 석화에서 풀려난 모든 머맨과 머메이드들이 그 소식을 듣고 기뻐했다.

그들의 합류로 인어국의 총병력은 3만이 넘는 대군이 되었다.

그사이 인어국 국경 수비대로부터 급보가 올라왔다.

"마족들과 마물들이 인어국을 향해 몰려오고 있습니다!"

아이리스는 고개를 끄덕였다. 이미 예상했던 일이었다. 그녀는 전략가의 두루마리를 통해 훤히 내다보고 있었으니까.

"소바로 대장군은 전군을 이끌고 즉시 출정하여 마족들을 궤멸시키도록 하라. 나 또한 마전함을 이끌고 참전하겠다."

"예, 대재상. 이미 전군 전투 준비는 완료된 상태이옵니다."

소바로 휘하의 3만 대군. 그리고 아이리스의 마전함이 마족들과 맞서기 위해 국경으로 향했다.

*   *   *

한편 로이스는 마왕 데세오의 마궁을 향해 접근 중이었다.

캄캄한 어둠이야 그에게 별문제가 되지 않았지만, 지형이 무척이나 험난해서 마궁까지의 접근이 쉽지 않았다.

그 끝을 알 수 없는 낭떠러지가 앞을 가로막았기 때문이다.

로이스는 슥 아래를 내려다봤다.

'저 아래는 뭐가 있는지 알 수가 없군.'

시커먼 구름들로 뒤덮여 있어 아래를 볼 수가 없었다.

'그래도 데세오 놈의 마궁에 들어가려면 여길 지나가야 해.'

혹시 돌아갈 길이 있나 살펴봤지만 좌우 모두 같은 지형이었다.

"뭘 망설이고 있느냐? 겁이 나는 건가, 애송이!"

그때 멀리 마궁에서 다시 데세오의 음성이 들려왔다.

로이스는 담담히 웃으며 대답했다.

"천만에! 너야말로 내가 겁이 나서 그 안에 웅크려 있는 거겠지. 기다려라. 곧 박살을 내 줄 테니까."

로이스는 아무리 오랜 시간이 걸려도 데세오를 반드시 없애 버리기로 작정한 터였다.

'데세오! 네놈을 반드시 죽인다.'

어차피 데세오를 해치우지 않으면 이 마계를 벗어날 수 없으니 선택의 여지도 없었다.

다만, 한 가지 염려되는 부분이 있다면, 그가 마계로 소환됨에 따라 그롤 군단을 해치울 수 없게 됐다는 것이었다.

본래 계획대로라면 로이스는 그롤 군단을 격파해야 했다.

그렇게 되면 아스피스 성은 타락한 용자 제라칸의 부대를 여유 있게 상대할 수 있기 때문이다.

그러나 이대로라면 아스피스 성은 그롤 군단과 제라칸의 부대를 동시에 상대해야 하기에 상당히 난전을 겪게 될 것이다.

'이젠 어쩔 수 없지. 아시엘과 타르파가 잘 해낼 거야.'

어쩌다 보니 아이리스가 처음 짰던 작전대로 되고 말았다.

다행히 아이리스는 아스피스 성이 비록 난전을 겪더라도

그롤 군단과 타락한 용자의 부대를 모두 막아 낼 수 있으리라고 예상했다.

설령 막아 내지 못한다 해도 어찌하겠는가.

로이스는 지금 상황에 집중하기로 했다.

'최대한 빨리 데세오를 해치우는 거야. 그럼 그롤 군단도 내가 상대할 수 있겠지.'

곧바로 로이스는 절벽 아래로 미끄러지듯 뛰어 내려갔다.

탁탁탁! 타타타타—

마치 평지를 달리듯 절벽을 뛰어 내려가는 건 이미 체란산에서도 가능했던 능력이었다.

지금은 그와 같은 능력들이 각각의 기술로 발전한 상태이다 보니 로이스에게 절벽을 타고 내려가는 것쯤은 장난과도 같았다.

스으으으!

순식간에 검은 구름으로 뒤덮인 절벽 밑바닥으로 내려선 로이스는 주변에서 느껴지는 강력한 살기를 느끼고는 싸늘히 웃었다.

"하긴 이 아래 뭐가 있을 거라 생각했지. 아무 것도 안 나오면 섭섭했을 거야."

그러자 바닥에서 무수한 스켈레톤들이 솟아올랐다.

"키키키키!"

"크크크큭!"

그 숫자가 얼마나 많은지 셀 수도 없을 지경이었다.

"언데드들인가? 고작 이따위 녀석들로 날 막을 수 있다 생각하느냐?"

로이스는 코웃음 쳤다. 그러나 지금 나타난 스켈레톤들은 일전에 싸워 봤던 브라키스 숲의 언데드들과는 차원이 달랐다.

마기로 충만한 마계이다 보니 그 어떤 충격에 의해 부서져도 그 즉시 복원되기 때문이다.

말 그대로 불사의 존재들이었다.

"로이스! 지금 네가 서 있는 그곳이 어딘지 아느냐? 지금 껏 나에게 도전했던 수많은 놈들이 묻혀 있는 무덤이란다."

그때 또 멀리서 데세오의 음성이 울려 퍼졌다.

"인간들과 이종족, 심지어 고대의 용자들도 있지. 그놈들은 모두 언데드가 되어 나의 마궁을 지키는 충실한 병사가 되었다. 너 또한 영원히 그곳에서 헤매며 나의 충실한 노예가 될 것이다."

그 말을 끝으로 데세오의 음성은 그쳤다. 로이스는 싸늘히 웃었다.

"그건 네 망상일 뿐이다, 데세오. 명색이 마왕이란 녀석이 어둠 속에 숨어서 협박만 하고 있는 거냐? 곧 죽이러 갈 테니 기다려라."

마왕이라면 그래도 화끈하게 정면으로 승부를 걸어올 거라 기대했었는데, 그것은 로이스의 착각이었다.

'나를 최대한 지치게 만들어 쉽게 이기려는 수작이겠지. 하지만 네 뜻대로 되지 않을 거다, 데세오.'

로이스의 아공간에는 각종 포션들은 물론이고, 최고급 이슬떡과 같은 식량도 잔뜩 있다.

예전에 브라키스 숲의 지하 미궁에서 스켈레톤 로드가 썼던 수법 따위는 더 이상 통하지 않는 것이다.

"후후, 다 덤벼라. 모조리 죽여 주마."

로이스는 스켈레톤들을 향해 돌진했다. 생전에 이들이 누구였든 상관없었다. 지금은 마왕의 노예에 불과할 뿐이라면, 인정사정 봐줄 필요가 없으리라.

스스스스.

그런데 로이스가 스켈레톤들을 향해 달려간 순간 갑자기 주변 정경이 바뀌었다.

어둑한 황무지가 아니라 푸른 하늘이 탁 트인 초원 지대였다.

뿐만 아니라 스켈레톤들은 온데간데없고 앞에는 용맹스러워 보이는 수천 명의 인간들이 그의 앞을 가로막고 있었다.

각종 중갑으로 무장한 전사들을 비롯해 로브를 입은 마법사들도 보였다. 심지어 신관으로 보이는 듯 백색 튜닉을 입은 이들도 있었다.

특히 그 선두에 당당하게 서 있는 사내는 커다란 대검을 한 손으로 번쩍 든 채 로이스를 노려보고 있었는데, 언뜻 봐도 이전 루니우스 후작이나 카로드 공작 못지않은 강한 기세를 뿜어냈다.

"크하하하하! 사악한 마왕 데세오여! 나 용자 네페로! 너를 반드시 없애 주마."

로이스는 어이가 없었다. 저 용자 네페로란 자가 자신을 마왕 데세오라 여기고 있었기 때문이다.

"이봐, 난 미스토스 상급 기사 로이스다. 마왕 데세오가 아니야. 너희가 상대할 적은 내가 아니라고!"

"닥쳐라! 이 사악한 마왕 놈! 또 다시 비열한 수작을 부리는 것이냐? 네놈으로 인해 얼마나 많은 이들이 죽임을 당했는지 모른다. 내 기필코 오늘은 네 질긴 목숨을 끊어 버리리라!"

"잠깐! 난 마왕이 아니라니까. 난 용자들을 도와주는 미스토스 상급 기사라고!"

"닥쳐라! 끝까지 잡아뗄 작정이냐?"

네페로가 대검을 번쩍 쳐들었다. 그 옆에 용자의 기사로 보이는 여전사가 활을 겨누며 외쳤다.

"네페로 님, 저 사악한 마왕 놈과 얘기를 해 봤자 소용없어요. 이대로 두면 또 무슨 수작을 부릴지 모르니 빨리 총공격 명령을 내려 주세요."

"크하하하! 물론이다. 나 용자 네페로가 명하노라. 모두 총공격하라! 저 사악한 마왕 데세오와 그의 권속들을 모조리 멸하라! 한 놈도 남겨 두지 말고 다 죽여라!"

"와아아아!"

네페로와 그의 부하들이 로이스를 향해 돌진해 왔다.

슈숙! 슈슈숙—

빗발치듯 날아드는 화살의 공세! 연이어 수많은 투창들도 날아와 로이스를 향해 쏟아져 내렸다.

파파파팍!

물론 그런 공격 따위는 로이스에게 아무런 피해도 줄 수 없었다.

"젠장! 데세오 놈! 정말 비열한 수작을 부리는군."

로이스는 인상을 찌푸렸다. 그는 이제 스켈레톤이 아닌

진짜 사람들을 죽여야 한다. 어떻게 했는지 모르지만 스켈레톤들이 모두 생전 모습으로 돌아간 상태였기 때문이다.

더구나 그들은 로이스를 마왕 데세오라 여기고 있는 터였다.

악의 근원을 없애겠다며 용맹하게 달려드는 용자와 그의 부하들을 해치우지 않으면 로이스가 당하고 말 것이다.

'저들은 실제 사람이 아니야. 이미 죽은 자들일 뿐이다. 동정할 필요 없어.'

로이스의 두 눈이 차갑게 빛났다.

"다시 잠들어라. 그대들의 복수는 내가 해 주겠다."

마검 다켈을 쥔 그의 신형이 바람처럼 쏘아져 나가며 검을 휘둘렀다.

카캉! 카카캉!

그러자 용자 네페로 역시 대검을 휘둘러 로이스의 공격을 막았다.

네페로는 그랜드 마스터 수준에 이른 검사인 터라 로이스가 무기를 들고 제압하기 쉽지 않은 상대였다.

그런데 네페로 역시 로이스를 상대로 특별한 우세를 보이지 못했다.

이는 로이스의 한 손 검 전술 단계가 아직 49레벨이었지만, 레벨이 상급 10까지 오르며 급증한 전투력으로 인해 전반적인 무기술의 전투력도 동반 상승했기 때문이었다.

덕분에 로이스는 검술로도 그랜드 마스터급의 검사를 상대하는 게 가능해진 것이다.

'이럼 굳이 맨손을 안 써도 되겠군.'

로이스는 모든 걸 떠나 이 순간의 승부에 집중했다.

상대가 언데드 용자라는 것도 잊었다.

오직 검술의 승부에만 모든 정신을 집중하고 있는 것이다.

카카캉! 카캉!

그런데 로이스가 가진 무기 방어 전술의 반격 효과로 인해 서로 비등하게 결투를 벌여도 네페로의 전신은 피투성이로 변하고 말았다.

그러다 보니 네페로의 움직임은 갈수록 느려졌다. 그리고 그 정도의 약점이 생겨난 이상 로이스의 상대가 되기란 불가능했다.

촥!

결국 로이스의 검이 네페로의 상체를 갈랐다. 단번에 심장까지 두 쪽이 나 버렸다.

[미스토스의 은총이 당신의 노력에 대한 보상을 줍니다.]

[당신의 한 손 검 전술이 50단계가 되었습니다.]

드디어 한 손 검 전술이 50단계가 되었다.

그런데 거기서 끝이 아니었다.

[당신의 한 손 검 전술이 각성을 통해 더욱 강력해집니다.]

[당신의 한 손 검 전술이 상급 1 단계가 되었습니다.]

이로써 한 손 검 전술도 상급에 이르렀다.

이것이 흔히 말하는 소드 마스터나 그랜드 마스터 등의 경지와 비했을 때 어느 정도인지는 잘 알 수 없지만, 이미 로이스는 검술로도 그랜드 마스터의 경지에 이른 용자 네페로를 쓰러뜨리고도 더 강해진 상태였다.

"크으윽! 역시 카디나스 형님의 말이 맞았군. 내 실력으로는 무리이니 기다려 달라 하셨거늘 나의 조급함이 문제였다. 일단 함께 하이무카루스 놈부터 죽이자던 형님의 말씀을 새겨들었더라면……."

한편 네페로의 몸은 두 쪽이 난 상태에서도 분리되지 않았다. 최후의 힘을 짜내 몸이 부서지는 걸 버텨 내고 있는 듯했다.

하지만 그 또한 이미 한계가 왔는지 갈라진 그의 상체에
서 점차 핏물이 터져 나오고 있었다.

"쿠우욱! 머, 먼저 가서 죄송합니다. 카디나스 형
님……."

순간 로이스는 깜짝 놀랐다.

"지금 뭐라 했지? 누구라고?"

"……."

그러나 네페로는 이미 숨이 끊어져 쓰러진 후였다.

'이, 이럴 수가!'

로이스는 분명 들었다.

카디나스!

분명 네페로의 입에서 나온 말이었다. 네페로는 그를 형
님이라 불렀다.

로이스의 선친이 바로 용자 카디나스가 아닌가?

물론 네페로의 입에서 나온 형님 카디나스는 다른 존재
일 수도 있었다. 용자라는 말이 나오지 않았으니까.

하지만 그 뒤에 이어진 하이무카루스라는 말을 들은 순
간 로이스는 네페로의 입에서 나온 카디나스가 바로 자신
의 선친임을 확신했다.

마왕 하이무카루스!

바로 그놈에 의해 선친이 죽임을 당했다는 사실을 미스토스 군주 레카온에게 들었기 때문이다.

"아앗, 네페로 님!"

"흐흑! 이 나쁜 마왕 놈! 감히 로드를!"

"용서하지 않겠다, 사악한 마왕!"

네페로가 죽자 그의 기사들과 부하들이 울면서 로이스를 공격했다.

팍팍! 촥! 촤악! 파파팍!

"……."

로이스는 멍한 표정으로 서 있을 뿐 그들의 공격을 피하지 않았다. 사실 그가 가만 서 있어도 적들의 공격이 알아서 비껴 나갔다.

설령 그의 몸에 검이나 마법이 적중된다 해도 그냥 그것뿐 아무런 피해도 주지 않았다.

이는 전투력의 격차가 엄청나기 때문에 벌어지는 일.

그러나 로이스는 그것 때문에 그들의 공격을 막지 않은 것이 아니었다.

잠시 충격에 빠져 지금 자신이 어디에 있는지조차 망각할 지경이 되었기 때문이다.

'아버지를 형님이라 불렀어…… 설마 그런 건가?'

어차피 방금 전 자신의 검에 의해 죽은 네페로는 실제가 아닌 언데드일 뿐임을 로이스도 잘 알고 있었다. 그래서 자신이 그를 죽였다는 것에 어떤 가책도 느끼지 않았다.

다만 그의 입에서 선친의 이름이 나왔다는 것이 뭔가 가슴을 뭉클하게 했다.

'아버지의 이름을 이런 곳에서 듣게 될 줄은 몰랐군.'

네페로가 아버지를 형님이라 불렀다면 설마 친동생인 것일까?

아니면 그냥 형님 동생 할 만큼 친한 사이인 것일까?

'……'

어쨌든 그냥 그것뿐이었다. 잠시 그것 때문에 멍해졌을 뿐이다.

번쩍! 파파파팟—

곧바로 로이스의 마검이 빛을 뿌리자 용자 네페로의 부하들이 맥없이 피를 뿌리며 쓰러졌다.

"으아악!"

"아악!"

시체들이 산을 이루고 있었지만 로이스는 무심한 표정으로 검을 휘둘렀다.

'언데드들을 다시 죽이는 것일 뿐이야.'

저들을 죽이며 머뭇거리거나 죄책감을 느낀다면 그것은 데세오의 노림수에 말려드는 것일 뿐이다.

하지만 이런 건 결코 유쾌하지 않은 일이다. 로이스의 두 눈에서 분노의 광망이 번뜩였다.

'데세오! 네놈을 죽일 이유가 또 하나 늘었구나.'

그렇게 로이스는 용자 네페로와 그의 부하 수천 명을 모조리 도륙했다.

그러자 이번에는 또 다른 용자의 세력이 그의 앞에 나타났다.

짙푸른 머리카락을 휘날리고 있는 아름다운 여성 용자였다.

"사악한 마왕 데세오! 나는 용자 카피엘이다. 오늘로 네 질긴 악행은 끝이 날 것이다. 모두 공격하라!"

"와아아아!"

카피엘과 그녀 휘하의 수많은 전사들이 로이스를 향해 공격해왔다.

저들도 로이스를 마왕 데세오라고 생각하고 있었다. 모두 데세오가 수작을 부려 놓은 것이겠지만, 어쨌든 마왕 취급을 받으며 용자를 상대하고 있으니 기분이 묘했다.

그러나 어쩔 수 없는 일. 로이스는 차갑게 웃었다.

"와라! 모두 죽여 주마."

로이스는 마검 다켈뿐 아니라 차크람도 쏘아 보내며 용자 카피엘을 상대했다.

카캉! 캉! 서걱! 서거걱!

"으아아악!"

"크악!"

로이스가 카피엘과 검을 겨루고 있는 사이 차크람들은 전장을 누비며 카피엘의 기사들과 부하들을 사정없이 도륙했다.

말 그대로 일방적인 학살이었다.

"으으윽! 분하구나. 마왕 데세오! 하지만 언제고 네놈도 스러질 날이 올 것이다. 미스토스 군주 레카온! 그분만 오셨어도……."

로이스의 검에 심장이 찔린 채 비틀거리던 카피엘이 이내 고꾸라졌다.

그녀 역시 뭐라 중얼거렸는데, 그중에는 로이스에게 낯익은 이름이 있었다.

미스토스 군주 레카온!

바로 로이스에게 군주의 목걸이를 남겨 준 존재.

로이스로 하여금 장차 미스토스 군주의 길을 가도록 안배를 해 준 이가 바로 레카온이었다.

지금 죽은 용자 카피엘은 만약 레카온이 왔다면 자신이 죽지 않았을 것이라 확신했던 듯했다.

"복수는 내가 해 준다. 당신은 이만 잠들어라."

어느새 카피엘뿐 아니라 그녀의 부하들도 모두 시체가 되어 있었다. 모두 로이스의 검과 차크람에 의해 죽임을 당한 것이다.

스스스스.

그러자 또 다른 용자가 나타났다.

이번에는 인간이 아닌 엘프 용자였다. 훤칠한 키를 가진 남성 엘프는 강력한 마법사로, 일시적이지만 로이스를 곤경에 처하게 만들었다.

그러나 그 또한 마검 다켈에 의해 두 쪽이 나 버렸다.

그런 식으로 로이스는 데세오의 언데드 노예들을 계속 상대해 나갔다.

　　[미스토스의 은총이 당신의 노력에 대한 보상을 줍니다.]

　　[당신의 레벨이 올랐습니다.]

　　[당신의 레벨이 상급 11이 되었습니다.]

　　[당신의 전투력이 대폭 상승했습니다.]

　　[당신의 최대 맷집과 최대 미흐가 대폭 상승했습니다.]

　　이름 [로이스]

레벨 [상급 11]

칭호 [마검 다켈의 주인]

신분 [미스토스 상급 기사]

맷집 20670/20670

미흐 22558/22558 (20558+2000)

그러다 보니 어느덧 레벨도 한 단계 올랐다.

배가 고프면 아공간에서 이슬떡을 하나 꺼내 씹었다.

언데드들이 아무리 끝없이 나타나도 로이스 또한 끝없는 무한의 체력으로 그들을 쓸어버렸다.

"계속 이래 봤자 너만 손해다, 데세오! 네가 이럴수록 난 점점 더 강해질 거고 그럼 넌 날 상대하기 더 어려워질 것이다."

로이스는 데세오에게 들으라는 듯 상공에 대고 크게 외쳤다.

Chapter 10
미흐의 의지

　이에 마궁에서 그 상황을 지켜보던 데세오는 고심에 빠졌다.

　설마 언데드들로 인해 로이스가 더 강해져 버릴 줄이야. 믿을 수 없는 일이지만 처음 마계에 들어왔을 때보다 지금의 로이스가 훨씬 더 강해 보였다. 마왕인 그에게는 확연히 그런 차이가 느껴졌다.

　'어떻게 저게 가능한가? 저런 불가사의한 놈이 있다니! 더 이상은 안 되겠군.'

　무엇보다 이대로라면 아주 골치가 아파진다.

　수많은 언데드들을 부활시키는 데 들어가는 마기가 결코

적지 않기 때문이다.

아무리 마계라 해도 마기가 무한정으로 공급되는 건 아니다.

일정 시간이 지날 때마다 새로운 마기가 생성되는 건 맞지만, 그 양이 제한되어 있는 터라 마기를 너무 많이 소모하게 되면 마계를 유지하는 마기가 부족해지는 것은 당연지사.

로이스에게 좌절감과 피로를 줄 목적으로 언데드들을 끝없이 부활시키다 보니, 대량의 마기가 그쪽으로 소모되고 있었다.

물론 아직은 걱정 없지만 이런 식으로 계속 마기가 소모되면 문제가 생기게 된다. 유사시 데세오 자신의 마기를 복구할 때 마기가 부족해질 수도 있는 것이다.

'도무지 믿을 수 없다. 그러고 보니 저놈은 볼 때마다 무섭도록 강해져 있었지. 대체 어찌 그럴 수 있단 말인가?'

그것이 데세오의 의문이었다.

물론 샤론 대륙에서 용자들이나 미스토스 기사의 운명을 타고난 이들은 자신들의 노력에 따라 보상을 받아 조금씩 강해진다.

그러나 지금껏 데세오가 봤던 어떤 용자나 미스토스 기사들도 로이스처럼 불가사의하게 빨리 강해진 이는 없었다.

말 그대로 전무후무할 것이다.

그러나 그가 어찌 짐작하겠는가.

로이스는 무적과 같은 그의 힘을 포기하면서까지 미흐의 계약을 했고, 그로 인해 그의 성장 속도가 상상도 할 수 없이 빨라졌다는 것을 말이다.

거기에 아시엘과의 용병 계약으로 얻은 미스토스의 축복도 로이스의 빠른 성장을 가능하게 만들었다.

지금은 용자의 축복 인장으로 바뀌어 로이스의 팔뚝에 새겨져 있지만 말이다.

거기에 하나 더 하자면 로이스가 수련광이라 불릴 만큼 지독한 수련을 해 온 것도 있으리라.

그런 상황을 모르는 데세오로서는 로이스가 괴상하게 느껴지는 것이 당연했다.

어쨌든 데세오는 로이스를 이대로 두면 안 될 것 같았다.

지금이라면 그가 이길 수 있겠지만, 다음에 다시 로이스를 만나면 그가 감당하기 힘들 만큼 강해져 있을지도 모른다는 생각에서였다.

그리고 사실 그 먼 미래까지 따질 것도 없었다.

이대로 멀뚱히 방치하고 있다간 오늘 자칫 로이스에게 낭패를 당할 수도 있을 테니까.

'오늘 반드시 저놈에게 타격을 입혀야 한다. 미스토스의 힘으로 부활하겠지만 오늘의 패배로 놈은 영원히 나를 두려워하게 될 것이다.'

마궁의 지하 밀실에 위치한 거대한 마법진.

이 마법진 위에 데세오의 본신이 위치하고 있었다.

그는 분신이나 환영 등을 만들어 마계 밖의 일에 간섭하고는 있지만, 본신은 이 마법진 위에서 절대 벗어나서는 안 된다. 이는 바로 대마왕 불칸의 부활을 위해서 그가 마기를 쏟아붓고 있기 때문이었다.

현재 마계에서 불칸을 지지하는 수많은 마왕들이 같은 상황에 놓여 있는 터였다.

'나로 인해 불칸 님의 부활이 약간 늦어질지라도 어쩔 수 없지. 지금은 내가 더 위급한 상황 아닌가.'

곧바로 데세오는 마법진에서 벗어났다.

츠으으으읏!

그러자 마법진을 폭풍처럼 휘돌던 짙은 마기가 데세오의 몸으로 빨려 들어갔다. 그로 인해 마법진의 색이 희미해지더니 이내 흔적도 없이 사라져 버렸다.

순간 데세오를 향해 섬뜩하기 이를 데 없는 음성들이 들려왔다.

『데세오, 무슨 짓이냐? 왜 자리를 이탈하는 것이냐?』

『불칸 님의 부활이 곧 임박했는데 무슨 짓인가, 데세오?』

『이러다 불칸 님의 부활이 늦어지게 되면 그 책임을 무엇으로 지려 하느냐?』

다른 마왕들이 보내는 음성이었다. 데세오는 다급히 대답했다.

"마궁에 침입자가 있어 어쩔 수 없게 됐다. 최대한 빨리 침입자를 제거하고 복귀할 테니 양해를 부탁한다."

『침입자라니! 있을 수 없는 일이다. 마왕의 권역에 누가 임의로 침입할 수 있다는 건가?』

『데세오 네놈이 불러들인 것이 분명하구나!』

『대체 제정신이냐? 이 얼빠진 놈 같으니!』

『데세오! 지금이 얼마나 중요한 시기인지 모르는 것이냐?』

수많은 원망과 분노의 음성들이 데세오의 귀를 때렸다.

그러자 데세오는 잽싸게 손을 휘저어 마왕들의 전음을

차단했다.

"제기랄! 그래서 내가 양해를 구한다고 했잖아. 새끼들 정말 말이 많네."

데세오는 여러모로 낭패한 표정을 지었다.

'골치 아프게 됐어. 하찮은 인간 놈 하나 때문에 이 꼴이 뭔가.'

마왕들의 불만이야 무시하면 그만이지만, 추후 불칸이 부활하면 오늘의 일로 인해 적지 않게 추궁당할 것이다. 그 생각을 하자 벌써부터 골이 아파 왔던 것이다.

'이 모든 것이 다 그놈 때문이다.'

데세오는 로이스에게 책임을 돌렸다.

실은 자신이 본신을 움직이지 않고도 충분히 로이스를 해치울 수 있으리라 착각했던 것이 문제였지만, 그런 생각은 하지 않았다.

자신의 실수나 착각에 대해서는 눈곱만큼도 인정하지 않고 모든 걸 남에게 떠넘기는 일은 마왕들이 가장 좋아하는 짓이니까.

"이유야 어찌 됐든 아주 오랜만에 손을 풀 기회가 온 것인가? 마법진에만 웅크리고 있는 게 지긋지긋했는데 차라리 잘된 건지도 모르겠군."

스스스.

그사이 흑색의 마기가 사라지며 데세오가 본신의 모습을 드러냈다.

놀랍게도 거대 오우거가 아닌 붉은 머리를 길게 내려뜨린 미청년의 모습이었다.

오우거는 그저 취미로 만들어 둔 분신일 뿐 지금 이 모습의 그의 실체이자 본신인 것이다.

어깻죽지 뒤로 크게 편 붉은 날개!

그것이 그가 보통의 마족이 아닌 마왕임을 의미하는 증표였다.

그가 날개를 활짝 폈다는 것은 마왕으로서의 권능을 드러낸 것을 의미했다.

그의 모습이 곧바로 마궁의 상공에 나타났다.

"들어라, 나 데세오의 권속 마족들이여! 이제 감히 나의 권역을 침범한 가증스러운 존재에게 징벌을 가할 것이니 모두 나와 적을 맞이하도록 하라."

"로드의 명을 받듭니다!"

"오오! 위대한 어둠의 군주시여! 사악한 침입자의 징벌은 저희에게 맡겨 주옵소서!"

데세오가 날개를 펴고 떠 있는 상공 아래로 그의 권속 마족들이 모습을 드러냈다.

도합 32명의 마족들!

마왕인 데세오에 비할 바는 아니었지만, 무려 32명이나 되는 마족들이 풍겨 내는 기세도 만만치 않았다.

그사이 로이스는 언데드들의 절벽을 넘어 마궁 앞에 이르렀다. 데세오가 마기를 거두자 언데드들이 더 이상 부활하지 않았기에, 로이스는 가볍게 절벽을 타고 올라온 것이다.

"크크크크, 버러지 같은 인간 놈이 여기가 어디라고 왔느냐?"

"감히 어둠의 군주께 대항하다니 가소롭구나."

"쿠후후후! 하찮은 인간이여! 너는 그 어리석음의 대가로 가장 처절한 고통 속에 죽게 되리라."

32명의 마족들이 로이스의 주변을 포위했다.

그 순간 마족들의 모습이 붉게 빛나더니 그 빛들이 어우러져 거대한 마법진을 형성했다.

마족들은 마법진을 형성하는 각각의 점이었고, 그 점들이 서로 이어지며 기이한 도형을 만들어 냈다.

츠츠츠츠츠!

순간 로이스는 천지 공간이 무너지는 듯한 착각이 들었다.

어둠의 공간!

그러나 한쪽에는 시뻘건 화염이 이글거리고, 또한 반대

쪽에는 극한의 냉기가 몰아쳤다.

화르르르르!

쿠콰콰! 번쩍! 파지직! 쿠콰쾅!

쩌저저적! 쩌어어억!

공기가 얼어붙었다가 쪼개지고 부서졌다가 다시 얼어붙는 기괴한 장면. 뇌전이 끝없이 쏟아져 내리는 곳도 보였고, 닿기만 해도 살이 녹아 버리는 지독한 독안개의 폭풍도 있었다.

"이건 뭐냐? 여긴 또 어디야?"

로이스는 그런 기괴한 폭풍들로 이루어진 커다란 원형의 공간에 갇혀 있었다. 그리고 그의 앞에는 웬 미청년이 붉은 날개를 활짝 펴고 음침한 미소를 지으며 그를 쳐다보고 있었다.

"우선 이곳에 온 것을 환영한다, 로이스."

"네가 마왕 데세오인가? 본신은 오우거가 아니었군."

"누군가에게 내 본신을 보여 주는 것도, 또한 나와 나의 권속 마족들이 누군가를 이토록 열렬히 환영하는 일도 참으로 오랜만이로다."

"그래서 어쩌라는 거냐?"

로이스가 시큰둥하게 묻자 데세오가 싸늘히 웃으며 대답했다.

"영광으로 생각하라는 뜻이다."

"영광?"

"버러지 같은 인간으로 태어나서 위대한 어둠의 군주인 나 데세오의 존안을 보았다는 것은 참으로 대단한 행운이 아닐 수 없느니라. 무엇보다 나는 내 손에 친히 죽은 이들은 명예의 비석에 그 이름을 새겨 두어 영원히 기록되게 하고 있으니 그 얼마나 영광스러운 일이겠느냐?"

"그 명예의 비석이 어디에 있는데?"

그러자 데세오가 못 보여 줄 것 없다는 듯 아래를 가리켰다.

순간 검게 물들었던 바닥이 투명하게 변하며 그 아래의 정경이 드러났다.

마궁의 중앙 성탑 아래 커다란 비석 같은 것이 하나 세워져 있었는데, 그곳에는 작은 글씨로 수많은 이름들이 새겨져 있었다.

"이제 네놈의 이름도 저 명예의 비석에 새겨지게 될 것이다."

"후후, 그렇게 대단한 일이면 네 이름을 저기에 새겨 주마. 마왕 데세오 로이스에게 맞아 죽다. 이건 어때?"

데세오는 순간 인상을 확 찌푸렸지만 이내 다시 흥미롭다는 듯 키득거렸다.

"네가 날 죽일 수 있다면 그렇게 해도 누가 말리겠느냐?"

"그럼 그렇게 해 줄 테니 각오해!"

"어디 재롱을 피워 보아라, 로이스! 너는 네 능력이 내 앞에서 얼마나 보잘 것 없는지 느끼게 될 것이다."

그러자 로이스는 마검 다켈을 아공간에 넣었다.

무려 32명의 마족과 한 명의 마왕이 합공을 하는 상황이다. 어쩔 수 없이 로이스는 맨손으로 상대하기로 작정했다.

좀 없어 보인다 해도 지금은 멋을 따지고 있을 만큼 여유로운 상황이 아닌 것이다.

데세오는 지금껏 로이스가 상대했던 적들 중 단연 최강의 기세를 내뿜고 있었다. 거기에 32명의 마족들이 만들어 낸 알 수 없는 마법진의 공격까지!

그들을 노려보는 로이스의 두 눈이 차갑게 번뜩였다.

"그럼 시작해 볼까?"

로이스가 슬쩍 한 걸음 내디뎠다. 고작 한 걸음 걸었을 뿐인데 그의 신형은 이미 데세오의 지척으로 접근했다.

스슷.

이에 놀란 데세오가 흠칫 뒤로 물러나려 했으나 그 순간 로이스의 주먹과 발이 그의 전신을 무자비하게 강타했다.

퍼퍼퍽! 퍼퍽—!

우지직! 우드득!

그야말로 이 모든 것은 눈 깜빡할 사이에 벌어진 일이라 마족들도 경악스러운 표정을 지었다.

"으으윽! 이, 이런 제길⋯⋯."

데세오의 얼굴은 온통 검은 피로 물들었다. 두 팔은 탈골 되어 어깨가 움푹 내려앉은 상태였다.

데세오의 얼굴은 처참하게 일그러졌다. 피로 범벅이 된 그의 얼굴이 찡그려지자 그야말로 악귀처럼 변했다.

그러나 그를 악귀에 비유한다는 것은 우스운 일일 것이 다.

데세오는 악귀 따위와 비교할 수 없이 사악한 어둠의 근 원과 같은 존재. 바로 마왕이니까.

"크크큭! 크하하하하하핫!"

데세오가 크게 웃었다.

그런데 지금이 어디 웃을 상황인가?

치욕스러워하거나 분노해야 정상일 것이다.

그러나 데세오는 분노하면 더 크게 웃는 버릇이 있었다. 지금도 그런 상태였다.

한낱 버러지와 같은 인간 따위에게 자신이 무참히 당했 다는 것에서 오는 분노!

그것도 권속 마족들이 보는 앞에서 무참히 얻어터졌으니

그 기분이 어떻겠는가.

"크하하하하하핫! 너의 재롱을 잘 보았다, 로이스! 그럼 이제 나의 권능을 보여 주마."

순간 그의 붉은 날개가 빛을 뿜어내며 활짝 펴졌다. 동시에 그는 날개와 함께 맹렬히 회전했다.

휘이이잉!

암흑의 공간을 반으로 쪼개는 거대한 날개의 공세!

이것이 바로 마왕이 그의 날개로만 펼칠 수 있는 최강의 공격인 윙 블레이드였다.

소드 마스터들이 펼친다는 오러 블레이드는 물론이고, 심지어 그랜드 소드 마스터의 인텐스 오러 블레이드라 해도 마왕의 윙 블레이드 앞에서는 그저 가느다란 나무 막대와 같은 위력일 뿐이다.

이 윙 블레이드를 막아 낼 수 있는 것은 같은 마왕의 윙 블레이드밖에는 없다고 알려졌을 정도이니까.

실제로 마왕들의 서열이나 승부를 낼 때도 누구의 윙 블레이드가 더 강력한지가 관건이었다.

그러나 이 윙 블레이드가 진정 무서운 건 이 날개에 피격당하면 회복이 불가능하기 때문이다.

윙 블레이드에 당한 상처에는 포션을 먹든 회복 마법을 펼치든 소용없다는 뜻이다. 윙 블레이드 자체에 마왕의 저주가 실려 있기에 그 마왕이 저주를 풀어 주지 않는 한 저주는 영원하다 했다.

"크카카카카카! 받아라, 가소로운 인간이여!"

휘이이이잉―

그때 상공에서 폭풍처럼 회전하던 데세오의 윙 블레이드가 일순간 빛살처럼 로이스를 향해 날아들었다.

번쩍! 번쩍!

하나를 피하면 또 하나가 날아들고, 그것을 피하면 또 하나가 날아들었다.

윙 블레이드의 속도가 너무 빨라 마치 무수한 윙 블레이드가 존재하는 것처럼 보였다.

번쩍! 번쩍! 번쩍!

번개처럼 날아드는 윙 블레이드의 공세에 로이스는 심상치 않은 위기를 느꼈다. 도무지 예측할 수 없는 경로로 날아드는 터라 피하기도 쉽지 않았다.

촥!

결국 한 번 스치고 말았다. 살짝 스쳤을 뿐인데 로이스의 왼쪽 팔뚝이 반쯤 파여 나갔다.

'으윽! 젠장!'

좌악!

연이어 그의 허벅지가.

좌아악! 촥!

다시 그의 옆구리와 등에서 피가 뿜어져 나왔다.

'으윽! 뭐가 이렇게 빠른 거야?'

로이스가 만신창이가 되어 비틀거리자 데세오가 득의만만한 표정으로 크게 외쳤다.

"보았느냐? 이것이 바로 윙 블레이드라는 것이다! 너 따위 미개한 존재를 징벌하기 위한 마왕의 검이지. 이걸 피하는 것은 불가능한 일이니 그만 포기하는 게 좋을 것이다."

"닥쳐! 그래 봤자 날개지 뭐냐. 곧 내가 그 날개를 뜯어서 찢어 버릴 테니 각오해라."

로이스의 두 눈에서 시퍼런 안광이 번뜩였다.

"크크큭! 여전히 입은 살아 있군. 그러나 잠시 후엔 그 입도 벌리지 못하게 되겠지."

데세오의 두 눈이 번뜩이는 순간 그의 날개가 다시 회전했다.

휘이이잉!

붉은 빛에 휩싸인 윙 블레이드가 어둠을 갈랐다.

번쩍! 번쩍!

촥! 좌악!

로이스의 몸에서 다시 피가 튀었다. 가슴이 갈라지고 복부도 찢겨 나갔다. 어디 하나 성한 곳이 없을 정도로 전신

곳곳의 살이 갈라졌다.

'으윽!'

특히나 왼쪽 팔뚝은 뼈가 드러나 손이 너덜거렸고, 갈라진 복부에서는 창자까지 일부 드러난 상태였다.

저 상태로 살아 있다는 것이 신기할 정도로 처참한 부상을 입었지만, 로이스는 비틀거리면서도 쓰러지지 않았다.

촤아악! 차악!

그사이에도 그의 몸은 윙 블레이드에 의해 계속 상처를 입었다.

뚝! 뚜뚜둑! 주르르륵!

피가 흐르다 못해 마치 분수처럼 터져 나왔다. 저러고도 몸에 피가 더 남아 있을까 싶을 정도였다.

그 모습을 본 데세오가 인상을 썼다.

'질리는 놈이로군. 어찌 저 상태로도 쓰러지지 않는 건가.'

보통의 인간이 아니라 웬만한 마족이나 설령 마왕이라 해도 쓰러졌어야 정상이었다.

그런데 로이스는 두 눈을 시퍼렇게 번뜩이며 데세오를 노려보고 있을 뿐 쓰러지지 않았다. 전신이 처참하다 못해 무슨 고깃덩이처럼 변했는데도 이를 악물고 버티고 있었던 것이다.

"흐흐흐……! 고작…… 이거냐? 별거 아니네."

로이스는 광기 서린 눈빛으로 웃었지만 속으로는 이를 악물고 있었다.

'쓰러지지 않아! 절대 쓰러지지 않아!'

그는 사실 이미 한계에 도달한 터였다.

데세오의 윙 블레이드는 로이스가 맨손으로 최대의 전투력을 발휘해도 당해 낼 수 없는 무서운 위력을 갖고 있었기 때문이다.

윙 블레이드는 처음 공격보다 두 번째 공격이 더 빠르고, 세 번째는 더 빨라진다.

그렇다 해도 어떤 식으로 날아들지 그 패턴이라도 파악하면 어떻게든 피할 수 있겠지만, 그조차도 불가능했다.

아무런 규칙도 보이지 않았다.

그야말로 무작위로 두루마리 위에 누군가 낙서를 하듯 선을 그려 대는 것과 같았다.

로이스가 두루마리에 그려진 그림이라면 데세오는 붓을 들고 있는 화가였다. 화가가 마음대로 붓을 휘두르면 그림이 무슨 수로 그것을 막아 내겠는가.

말 그대로 데세오가 공격하는 대로 로이스는 당할 수밖에 없었다.

번쩍! 번쩍! 번쩍—!

착! 좌악! 촤촤촤촤!

독기에 찬 데세오의 공격은 끝없이 이어졌다. 그와 함께 로이스의 몸에서는 계속 피가 뿜어져 나왔다.

그러다 어느 순간부터는 더 이상 나올 피도 없는지 살과 뼈가 갈라지는 소리만 들릴 뿐이었다.

그런데도 로이스는 쓰러지지 않았다.

오른 주먹을 불끈 쥔 채로 데세오를 노려보고 있었다.

왼손은 왼 팔뚝이 거의 잘려 나갔다 싶을 정도로 엉망이 되었다 보니 힘이 들어가지 않아 주먹을 쥐지도 못했다.

그 상태로 두 눈을 시퍼렇게 번뜩이며 데세오를 노려보고 있는 그의 얼굴에 마왕인 데세오도 섬뜩한 느낌이 들 정도였다.

"이 지독한 놈! 이제 그만 포기해라. 너는 죽었다 깨도 날 이길 수 없다."

어찌 몸의 혈액이 다 빠져나가고도 저리 살아 있을 수 있는가.

그것은 마왕인 데세오로서도 의문이었다.

마왕조차 불가사의하게 느끼는 로이스의 생존 능력!

이는 로이스에게 있는 미흐의 기운이 가진 신비한 능력에서 비롯된 것이었다.

사실 방금 전 로이스가 전신에 치명상을 입어 빈사 직전의 상황에 처하자 수호 요정 릴리아나가 그를 소환하려 했다.

그러나 로이스가 그것을 거부했다.

수호 요정의 소환을 스스로 거부할 수 있다는 것은 로이스도 처음 알았다.

그가 본능적으로 소환을 거부하자 아무리 수호 요정이라도 그것을 강제할 수 없었던 것이다.

이에 당황한 릴리아나가 로이스를 계속 소환하려는 시도를 했지만, 로이스는 모조리 거부했다. 아니, 다시 소환 따위를 시도하지 못하도록 연결 자체를 차단해 버렸다.

설마 죽을 생각인가?

이대로라면 그는 정말로 죽을지도 모른다.

완전히 죽기 전 릴리아나의 꽃밭으로 소환된 후 생명력을 회복해야 살아날 수 있기 때문이다.

그런데도 그는 가지 않았다.

솔직히 소환되고 싶은 마음이 없는 것은 아니었지만.

'포기해…… 이 정도면 됐으니 그만 포기해…….'

'눈 딱 감으면 릴리아나가 소환해 줄 거야…….'

'그래 봤자 미스토스 좀 소모할 뿐 상관없잖아! 그냥 포기하자…….'

'이러다 진짜 죽을지도 몰라, 이 바보야! 할 만큼 했으니 그만 포기해…….'

'제발 포기해! 마왕 데세오는 네가 이길 수 있는 상대가 아니라고…….'

하지만 로이스는 포기하지 않았다. 절대 갈 수 없었다.

'이대로 가면.'

이를 악문 로이스의 두 눈에서 더욱 짙은 안광이 폭사되었다.

'난 저놈을 절대 이길 수 없어. 영원히!'

바로 이것 때문이었다.

'오늘 지면 다음에 더 힘든 싸움이 될 거야.'

단순히 레벨을 대거 올리고 온다 해서 해결될 일이 아니었다.

이번에 패배하면 다음에는 더 상대하기 어렵게 된다는 것!

어쩌면 영원히 패배할지도 모른다는 것!

누가 알려 준 것은 아니었지만 그는 본능적으로 그것을 느꼈다.

반드시 지금 이겨야 한다.

나는 절대 죽지도 않을 것이며, 소환되지도 않을 것이다.

반드시 마왕 데세오를 쓰러뜨릴 것이다!

이런 그의 초인적인 의지와 투지로 인해 그는 체내의 모든 혈액을 다 쏟아 내고도 살아 있었다.

이는 물론 단순한 의지와 투지만이 아니라 그것들이 불러온 기적 때문이었다.

츠츠츠츠.

모든 힘의 근원이라 불리는 미흐가 혈액을 대신해 그의 생명력을 지탱하기 시작했던 것이다.

[미흐 마스터]
—모든 힘의 근원인 미흐의 기운을 자유롭게 쓸 수 있다.

미흐는 바로 로이스가 가진 태생적 능력이었다. 아니, 엄밀히 말하면 아기 때부터 꽃의 요정 루비아나의 유액을 먹어 오면서 자연스럽게 얻은 능력이었다.

그리고 그 미흐의 능력이 그의 생명력을 지탱하는 순간 놀라운 일이 벌어졌다.

[미스토스의 은총이 당신의 노력에 대한 보상을 줍니다.]

[당신의 초절한 인내와 투지로 인해 미흐의 의지 전술을 각성했습니다.]

[미흐의 의지 전술이 1단계가 되었습니다.]

[이후로 당신의 생명력이 20% 이하로 하락하게 되면 미흐의 의지가 발동합니다.]

★ 미흐의 의지(1단계)

—미흐를 소모해 단숨에 모든 생명력을 회복함.

—생명력이 20%이하로 떨어질 경우 자동 발동.

—소모 미흐 5000

—미흐의 의지 전술 발동 시 일시적으로 공격력과 방어력이 대폭 상승함.

—단계가 상승하면 전술 발동 시 미흐 소모량이 감소하며 공격력과 방어력 상승 효과도 증가함.

[현재 당신의 생명력이 20% 이하이므로 미흐의 의지 전술이 발동됩니다.]

[당신의 미흐가 5000 소모됩니다.]

[미흐 17558/22558]

[미흐의 기운이 당신의 생명력을 모두 회복시킴

니다.]

　[맷집 20670/20670]

　[당신의 공격력과 방어력이 일시적으로 대폭 상
승합니다.]

　'이것은!'

　로이스는 깜짝 놀랐다. 만신창이 상태였던 그의 신체가
급속도로 회복되기 시작되었던 것이다.

　윙 블레이드에 의해 거미줄처럼 갈라졌던 전신의 상처가
순식간에 아물었고 근육과 뼈가 잘려 너덜거리던 팔도 정
상으로 돌아왔다.

　그야말로 거짓말 같은 광경이었다.

　그 모습을 멀뚱히 바라보고 있던 데세오는 기가 막혔다.

　'저건 말도 안 된다. 어찌 윙 블레이드의 상처가 저절로
회복된다는 건가!'

　윙 블레이드의 저주는 오직 두 가지로만 풀린다. 그 윙
블레이드를 시전한 마왕이 스스로 그 저주를 풀어 주는 것
이 첫 번째고, 두 번째는 그 마왕이 죽는 것이다.

　이런 경우 외에는 절대 회복되지 못하고 결국 죽음에 이
를 수밖에 없는 것이 바로 윙 블레이드의 저주인 것이다.

Chapter 11
마궁의 지배자

　미흐의 의지로 인한 기적적인 회복!

　지켜보는 마왕과 마족들도 황당할 정도이니 당사자인 로이스는 얼마나 놀랐겠는가.

　그러나 로이스는 멀뚱히 선 채로 이 기회를 날려 보내지 않았다.

　'갑자기 힘이 엄청나게 상승했어.'

　일시적으로 공격력과 방어력이 대폭 상승하는 효과!

　지속 시간이 어느 정도일지는 모르겠지만 일시적이라는 표현이 있으니 결코 길지 않을 것이 분명했다. 이때를 노려 데세오를 몰아붙이지 않으면 결국은 아까와 같은 상황에 처하고 말 것이다.

곧바로 로이스는 데세오를 향해 돌진했다. 아니, 돌진하는 듯싶었다.

이에 놀란 데세오가 잽싸게 뒤로 물러나는 순간.

비명은 전혀 다른 곳에서 터져 나왔다.

퍽! 퍼억! 우드득! 콰직!

"크아아악!"

"꾸아악!"

기괴한 마법진의 결계를 펼쳐 지속적으로 로이스의 움직임을 방해하던 마족들의 입에서 나오는 비명 소리였다. 로이스는 단번에 그들의 힘의 근원을 노려 박살 냈다.

"크아악!"

"아아아악!"

눈 깜짝할 사이에 12명의 마족이 죽었다. 이에 놀란 데세오가 윙 블레이드를 펼쳐 반격을 하는 순간 로이스는 가볍게 그의 공격을 피해 버렸고, 계속해서 마족들을 공격했다.

퍽! 퍼퍽! 팍! 콰직!

이에 데세오가 미친 듯이 따라붙으며 윙 블레이드로 로이스를 공격했지만, 로이스는 마족들에 대한 공격을 멈추지 않았다.

그리고 급기야 32명의 마족들을 모조리 해치웠을 때는 그의 몸 역시 윙 블레이드에 의해 만신창이로 변해 있었다.

[맷집 3072/20670]

다시 아까와 같은 처참한 지경으로 변한 것이다.

그사이 공격력과 방어력 상승 효과도 사라진 상태였다.

'이젠 마족들을 이렇게 죽여도 레벨이 안 오르네.'

32명의 마족을 해치웠는데도 레벨이 오르지 않을 줄이야.

20여 마리를 죽였을 때쯤 레벨이 오르리라 기대했지만 32명 몽땅 해치워도 레벨은 그대로였다.

설마 이젠 마왕들을 해치워야 레벨이 오르는 것일까?

그러나 다행히 그 순간 로이스의 전신이 찬란한 빛에 휩싸이며 부상이 치료되기 시작했다.

[현재 당신의 생명력이 20% 이하이므로 미흐의 의지가 발동됩니다.]
[당신의 미흐가 5000 소모됩니다.]
[미흐 12558/22558]

[미흐의 기운이 당신의 생명력을 모두 회복시킵
니다.]
　　[맷집 20670/20670]
　　[당신의 공격력과 방어력이 일시적으로 대폭 상
승합니다.]

위기를 기회로!

단번에 전세를 역전시켜 버리는 비장의 전술인 미흐의
의지가 발동된 것이다.

덕분에 로이스의 부상이 치료된 건 물론이고 맷집도 최
대치까지 회복됐다.

그뿐이 아니었다.

　　[미스토스의 은총이 당신의 노력에 대한 보상을
줍니다.]
　　[미흐의 의지가 2단계가 되었습니다.]
　　[미흐의 의지 발동 시 소모되는 미흐가 4900으로
감소합니다.]
　　[미흐의 의지 발동 시 공격력과 방어력 상승 효
과 및 지속 시간이 증가합니다.]

미흐의 의지 전술이 2단계로 상승하며, 미흐 소모는 감소하고 효력은 증가됐다.

'후후, 전술도 상승했어.'

로이스는 회심의 미소를 지었다.

"우라질! 말도 안 되는 일이야!"

반면 데세오는 두 눈을 부릅뜬 채 씩씩거렸다. 로이스는 차가운 눈빛으로 그를 쏘아봤다.

"말이 안 되긴. 이제 일대일로 공평하게 싸워 보는 거야."

"큭! 가소로운 놈 같으니! 일대일이면 날 이길 수 있으리라 생각하는 거냐?"

"물론이야. 넌 이제 끝났다, 마왕!"

그 말이 끝나기 전에 로이스의 신형이 번쩍 이동해 데세오의 안면을 후려갈겼다.

퍼억!

공격력 상승 효과 덕분인지 단번에 데세오의 안면 한쪽이 그대로 찌그러져 버렸다.

그뿐이 아니다. 로이스의 두 팔이 교차되듯 움직이며 데세오의 두 팔을 비틀었고, 그 순간 데세오의 두 팔꿈치가 뒤로 꺾이며 부러졌다.

우드득! 우드드득!

"크아아악!"

이에 비명을 지르며 뒤로 달아나는 데세오의 상체로 로이스의 두 주먹이 무자비하게 날아들었다.

퍽퍽퍽! 퍼퍼퍼퍽—

"크윽! 크아악! 꾸으윽! 이, 이런 감히! 용서 못 한다!"

데세오는 아까 로이스의 모습을 방불케 할 정도로 만신창이 상태가 된 채 뒤로 멀리 달아났다.

로이스가 코웃음 쳤다.

"도망치는 거냐?"

"크으으으! 천만에!"

데세오는 이를 갈았다. 과연 마왕답게 그는 순식간에 말끔한 모습으로 회복되었다.

"각오해라! 이번엔 네놈의 몸을 토막 내 버릴 테니!"

휘이이잉—!

데세오의 붉은 날개가 빛으로 물들며 맹렬히 회전했다.

곧바로 다시 윙 블레이드의 공격이 시작된 것이다.

번쩍! 번쩍! 번쩌쩍—!

전방의 공간을 한 번 가르고 두 번 가르고, 연이어 무수한 선이 생겨나며 로이스의 몸을 만신창이로 만들어 버렸던 그 가공스러운 공격!

그러나 로이스는 아까처럼 무참히 당하지 않고 가볍게

피해 냈다.

'어떻게 된 거야? 내가 왜 저걸 피할 수 있는 거지?'

이에 놀란 것은 로이스였다. 눈으로는 도무지 어디서 날아드는지 알 수 없는 윙 블레이드의 공격을 몸이 알아서 반사적으로 피해 낼 줄이야.

그것도 연속으로 말이다.

바로 그 순간.

　　[미스토스의 은총이 당신의 노력에 대한 보상을 줍니다.]

　　[당신은 윙 블레이드 회피 능력을 각성했습니다.]

　　[당신의 윙 블레이드 회피 능력이 1단계가 되었습니다.]

　　[이로써 당신은 마왕의 윙 블레이드 공격을 보다 수월하게 회피할 수 있습니다.]

　　* 윙 블레이드 회피(1단계)

　　—특별한 감각으로 마왕의 윙 블레이드를 회피함.

　　—회피 후 반격 시 공격의 물리 치명타율이 대폭

상승.

　─단계가 오르면 회피율 및 치명타 성공률이 소
폭 증가.

'오! 회피 능력을 얻은 거군.'

로이스는 반색했다. 그러고 보니 마왕 데세오와 싸우면
서 아주 특별한 능력을 벌써 두 개나 각성했다.

하나는 미흐의 의지이고, 또 하나는 바로 지금 각성한 윙
블레이드 회피였다. 둘 다 앞으로 마왕과 같은 강적들과 싸
울 때 매우 요긴하게 쓰일 것이다.

번쩍!

한편 로이스에게 이 같은 변화가 생긴 것도 모르고 그사
이 다시 데세오는 윙 블레이드를 펼쳐 돌진해 왔다. 로이스
는 슬쩍 회피하며 주먹을 툭 날려 데세오의 복부를 후려쳤
다.

퍼억─!

순간 데세오는 복부가 파열되는 소리와 함께 멀리까지
날려가 나동그라졌다.

"크으으으윽! 이, 이게 뭐지?"

데세오는 비틀거리며 일어나는 것도 버거워 보였다. 그
만큼 방금 전 로이스의 반격이 엄청난 충격을 준 것이다.

'후후, 물리 치명타라는 것이 디졌나 보군.'

로이스는 치명타가 터지게 되면 보통 공격보다 몇 배나 강력한 충격을 적에게 입힐 수 있음을 알고 있었다.

물론 그 또한 군주의 목걸이가 주는 지혜를 통해 자연스럽게 터득한 것이다.

화아아악!

그사이 데세오가 다시 자신의 몸을 회복한 후 윙 블레이드를 펼치고 날아들었다.

번쩍! 번쩍! 번쩍!

로이스는 담담히 그것을 피해 냈다. 그러나 윙 블레이드의 속도가 빨라지자 완전히 다 피하지는 못하고 조금씩 상처를 입는 것은 어쩔 수 없었다.

촥! 휙! 휘휙!

그래도 로이스는 반격하지 않고 계속 윙 블레이드를 피해 내는 데 집중했다.

[미스토스의 은총이 당신의 노력에 대한 보상을 줍니다.]

[당신의 윙 블레이드 회피 능력이 2단계가 되었습니다.]

'좋아! 바로 이거야!'

로이스가 노리는 것이 바로 이것이었다.

어차피 이제 데세오를 해치우는 것은 시간문제였다. 그러나 그전에 최대한 녀석을 이용해 윙 블레이드 회피 능력을 올려 두는 게 좋을 것이다.

앞으로 데세오보다 더 강한 마왕들과 싸울 때를 대비해서 말이다.

윙 블레이드가 얼마나 가공스럽고 끔찍한 공격인지 로이스는 직접 경험해 보았다.

만약 대마왕 불칸이 윙 블레이드 공격을 해 온다면 과연 피해 낼 수 있을까?

한낱 보통의 마왕이 펼친 윙 블레이드도 제대로 피해 내지 못한다면 대마왕의 윙 블레이드를 무슨 수로 피해 내겠는가?

그래서 로이스는 일부러 반격을 하지 않은 채 연속으로 피하기만 하는 것이었다.

"크으으윽! 감히! 언제까지 네놈이 피할 수 있는지 보자!"

자신의 공격이 계속 무위로 돌아가자 격분한 데세오는 전력을 다해 윙 블레이드를 펼치기 시작했다.

[당신의 윙 블레이드 회피 능력이 3단계가 되었습니다.]
습니다.]
[당신의 윙 블레이드 회피 능력이 4단계가 되었습니다.]
습니다.]

어느덧 로이스의 몸 역시 만신창이가 되어 있었지만, 그래도 그사이 계속 회피 능력의 단계는 상승했다.

사실 3단계가 이른 순간부터는 데세오의 윙 블레이드쯤은 모조리 피해 낼 수 있었다. 그러나 로이스는 일부러 몇 대는 스치듯 맞아 주며 데세오를 더욱 도발했다.

그렇지 않으면 데세오가 더 이상 윙 블레이드를 펼치지 않고 다른 식의 공격을 해 올 수도 있기 때문이다.

계속 맞을 듯 말 듯 최대한 위태롭게 피해야 데세오가 악을 쓰고 윙 블레이드를 펼칠 것이다.

[당신의 윙 블레이드 회피 능력이 5단계가 되었습니다.]
습니다.]

덕분에 또 한 단계 회피 능력이 올랐다.

그리고 그때부터는 한참의 시간이 흘러도 더 이상 회피 능력의 단계가 오르지 않았다.

'이제 끝낼 때가 됐군.'

로이스는 이때 온통 피 칠갑을 하고 있었다.

[맷집 10813/20670]

맷집 즉, 생명력이 절반 정도 하락한 상태다 보니 당연한
일!

그러나 20% 미만으로 하락한 것은 아니다 보니 미흐의
의지는 발동하지 않았다.

굳이 그것의 발동을 위해 일부러 생명력을 하락시킬 필
요는 없을 것이다.

'이제 그만 끝낼 때가 된 것 같군.'

피투성이의 안면. 그사이로 번뜩이는 시퍼런 안광!

로이스가 노려보자 데세오도 로이스를 노려봤다. 로이스
가 지쳐있는 듯 숨을 헐떡이고 있는 모습을 보며 데세오는
비릿한 미소를 흘렸다.

"큭! 네놈도 지칠 때가 되었지. 이 징그러운 인간 놈! 이
제 그만 끝장을 내자!"

"바라던 바야. 덤벼라!"

로이스가 고개를 끄덕이자 데세오가 붉은 날개를 펼치고
맹렬히 회전했다.

"그만 죽어랏! 애송이 놈!"

쒸이이잉! 번쩍—

윙 블레이드가 로이스의 몸을 환상처럼 갈라 버렸다.

물론 윙 블레이드의 속도가 너무 빨라 그렇게 보였을 뿐, 로이스는 슬쩍 그 공격을 회피했고, 동시에 양 주먹으로 데세오의 몸체를 연달아 강타했다.

퍼억! 퍼어억—!

그것이 끝이었다. 전력을 다해 후려친 로이스의 주먹에 가격당하는 순간 데세오의 머리와 몸체가 그대로 터져 버렸다.

"쿠아아아아악—!"

처참한 비명과 함께 데세오의 부서진 몸체가 그대로 먼지로 화해 흩어졌다. 다만 특이하게도 붉은 날개는 그대로 남아 둥둥 떠 있었다.

[미스토스의 은총이 당신의 노력에 대한 보상을 줍니다.]
[레벨이 올랐습니다.]
[레벨이 올랐습니다.]
[레벨이 올랐습니다.]
[레벨이 올랐습니다.]

[레벨이 올랐습니다.]

[당신의 레벨이 상급 16이 되었습니다.]

[당신의 전투력이 대폭 상승했습니다.]

[당신의 최대 맷집과 최대 미흐가 대폭 상승했습니다.]

이름 [로이스]

레벨 [상급 16]

칭호 [마검 다켈의 주인]

신분 [미스토스 상급 기사]

맷집 25670/25670

미흐 27558/27558 (25558+2000)

놀랍게도 레벨이 무려 5단계나 상승해 상급 16레벨이 되었다.

마족들을 32명이나 죽여도 1레벨도 상승하지 않는데, 역시나 마왕을 죽이자 무려 5단계나 상승한 것이다.

'흐읍!'

로이스는 전신에서 느껴지는 강력한 힘을 순간 주체하지 못할 뻔했다. 갑자기 전투력이 상상도 할 수 없을 만큼 급증했기 때문이다.

'후! 힘이 너무 세진 것 같은데?'

물론 당연히 신이 나는 일이었다. 갑자기 강해져서 놀랐을 뿐 그거야 금세 적응할 수 있었다. 지금껏 그래 왔듯이 말이다.

[당신의 맨손 전투 전술이 상급 28단계가 되었습니다.]
[당신의 맨티스거의 투지(전술)가 상급 26단계가 되었습니다.]

맨손 격투로 마왕을 해치움으로써 관련 전술들의 단계도 대폭 상승했다. 각각 4단계씩 상승한 것이다.

'결국은 맨손으로 갈 수밖에 없는 거냐.'

그럴 수밖에 없다는 것을 알면서도 로이스는 왠지 씁쓸했다.

타고난 재능이자 운명이니 받아들이라는 릴리아나의 말도 떠올랐다.

'그래도 무기는 포기할 수 없어. 특히 검술은 절대 포기 못 해!'

검술은 상급 1단계까지 올려놨으니 앞으로 꾸준히 노력하면 언젠가 맨손까지는 아니어도 마왕 정도는 상대할 만큼 강력해질지 모를 일이었다.

　　[임무] 자격을 증명하여 푸른 와이번 반지의 봉
　인을 푼다.
　　—마왕 3명을 처치한다. 1/3

　데세오를 처치한 덕분에 푸른 와이번 반지와 관련된 임
무 중 하나도 해결했다.
　'이제 마왕 두 녀석만 더 해치우면 봉인을 풀 수 있어.'
　로이스는 뿌듯한 미소를 지었다. 그러다 문득 손가락에
낀 푸른 와이번 반지를 쳐다봤다.
　'대체 이 반지에는 어떤 능력이 봉인되어 있기에 마왕을
세 명이나 해치워야 되는 걸까?'
　정말로 대단한 능력이 봉인되어 있다면 모를까, 별것도
아니면서 임무만 거창하게 준 것이라면 화가 날 것이다.
　마왕을 죽이는 건 보통 일이 아니니까.
　오죽하면 지칠 줄 모르는 로이스도 좀 쉬고 싶을 정도였
다.
　레벨이 올라 신체의 상태는 최상이었지만 정신적으로 꽤
피로한 터라 휴식이 필요했다.
　그러나 아직은 휴식을 취할 때가 아니다.

마왕을 해치웠으니 빨리 돌아가 그롤 군단을 상대해야
한다.

'일단 보상들은 챙겨야지.'

로이스는 마족들이 죽은 자리에서 빛나고 있는 구슬들을
모두 아공간에 넣었다.

봉인된 마력의 구슬이 무려 32개였다.

그리고 아마 지금쯤 릴리아나의 창고에는 막대한 금액의
베카가 쌓여 있을 것이다.

칼리스의 용병이 되며 생겨난 베카와 가디의 날개 축복
으로 인해 적을 해치우면 돈이 릴리아나의 창고에 쌓이게
되기 때문이다.

'마족들뿐 아니라 마왕까지 처치했으니 꽤 많은 돈일 거
야. 릴리아나가 좋아하고 있겠지.'

그러던 로이스의 두 눈에 데세오의 붉은 날개가 들어왔
다.

'근데 저 날개는 왜 부서지지 않고 계속 떠 있는 걸까?'

로이스는 고개를 갸웃했다. 그러다 혹시 모른다는 생각
에 그 날개를 쳐다봤다.

'마왕은 봉인된 구슬 대신 날개를 남기는 건지도 몰라.'

그렇다면 날개도 무조건 챙겨 두는 게 좋을 것이다. 분명
뭔가 쓸 일이 있을 테니까.

화아악!

그런데 로이스가 손을 대는 순간 붉은 날개에서 핏빛의 강렬한 광채가 일어났다.

[마왕 데세오의 죽음으로 그의 날개가 주인을 잃었습니다.]

[마왕 데세오를 패배시킨 당신은 붉은 날개의 새로운 주인이 될 자격이 있습니다.]

[마왕의 붉은 날개를 당신의 소유로 인정하겠습니까?]

[인정한다./거절한다.]

"인정한다!"

로이스는 망설이지 않았다. 이런 걸 거절할 이유가 없었다. 일단 챙겨 두고 봐야할 것이다.

[마왕의 붉은 날개(신화)를 얻었습니다.]

그런데 놀랍게도 신화 등급의 날개라니! 로이스는 가슴이 뛰었다.

이로써 군주의 목걸이에 이어 2번째 신화 등급 아이템을 손에 넣게 된 것이다.

　　* 마왕의 붉은 날개(1단계)
　　―등급 : 신화
　　―자유롭게 장착, 탈착이 가능.
　　―날개 장착 시 마계를 자유롭게 비행할 수 있으며 윙 블레이드 시전이 가능함.
　　―날개 장착 시 권역의 마궁을 지배할 수 있음.
　　―마계 및 암흑 결계 이외의 장소에서는 비행 속도가 대폭 감소.
　　―마계 및 암흑 결계 이외의 장소에서 날개 장착 시 전투력이 대폭 하락.

"이걸 장착하면 날 수 있다는 건가?"

로이스의 두 눈이 휘둥그레 커졌다. 게다가 마왕의 윙 블레이드까지 펼칠 수 있다니!

다만, 이곳 마계나 암흑 결계 같은 곳에서는 상관없지만 다른 곳에서 장착 시에는 비행 속도는 물론이고 전투력도 대폭 떨어진다는 단점이 있었다.

'그래도 날 수 있다는 건 대단한 일이잖아?'

마계에 자주 올 일이 있을지 모르지만, 다음에 마왕들을 상대할 때는 상당히 편할지도 모른다. 절벽 같은 건 그냥 날아서 넘어 버리면 될 테니 말이다.

그리고 마계를 벗어났을 때도 유사시 비행이 필요하면 잠깐 꺼내서 쓰고 다시 벗으면 되는 일이었다. 비행 속도가 얼마나 느릴지는 알 수 없지만 말이다.

'잠깐만 장착해 볼까?'

기왕 날개를 얻었으니 그냥 아공간에 처박아 두기 보다는 잠깐 달고 날아 보기로 했다.

장착법은 매우 간단했다.

그냥 날개를 들고 어깨 쪽에 가져다 대면 알아서 장착된다. 반대로 벗고 싶으면 다시 손으로 날개를 잡아당기면 된다. 그 상태로 아공간에 보관해 두고 필요할 때마다 꺼내 쓰면 되는 것이다.

착.

곧바로 로이스는 마왕의 붉은 날개를 어깨에 가져다 댔다.

츠으으으웃!

순간 붉은 광채가 일어나며 로이스의 어깨 뒤로 거대한 붉은 날개가 생겨났다.

그 순간 붉은 날개와 함께 군주의 목걸이가 빛나며 글자들이 나타났다.

　　[마왕의 붉은 날개를 장착한 당신은 마궁을 지배
　할 수 있습니다.]
　　[마왕 데세오를 격파함으로써 마왕 데세오의 마
　궁이 당신의 지배하로 들어왔습니다.]
　　[마왕 데세오의 마궁을 접수하겠습니까? 마궁을
　접수하면 마궁을 중심으로 일정 반경의 영역이 당
　신의 권역이 됩니다.]
　　[접수한다./그냥 놔둔다.]

"접수한다!"
마왕의 날개도 얻었는데 마궁이라고 못 얻을 것은 없었
다.
그렇다고 마왕이 되는 것도 아닌데 꺼림칙할 것이 뭐가
있겠는가.
로이스는 흔쾌히 마궁을 접수했다.

　　[마왕 데세오의 마궁이 당신의 마궁이 되었습니
　다.]
　　[당신은 마궁의 주인이 되었습니다.]

[새로운 칭호 마궁의 지배자를 얻었습니다.]

* 마궁의 지배자

—칭호 등급 : 신화

—장착 시 모든 전술의 숙련도 상승 속도가 대폭 증가함.

—장착 시 휘하 권속 중 마왕, 마족, 마물 등 어둠 속성 권속들의 능력 및 성장 속도가 대폭 증가.

—장착 시 최대 맷집 10000 증가함.

—장착 시 최대 미흐 10000 증가함.

—포식자의 위압 7단계

—장착 시 마궁과 이계를 자유롭게 오갈 수 있는 다크 포탈 생성 가능.

—마궁의 지배자 칭호를 장착하려면 마궁을 최소 1개 이상 지배하고 있어야 함. 마궁을 모두 빼앗기게 되면 장착 불가.

'오호!'

로이스는 반색했다.

새로운 칭호를 얻었다. 그것도 신화 등급!

＊마검 다켈의 주인

—칭호 등급 : 전설

—장착 시 한 손 검 전술의 위력이 대폭 상승함.

—장착 시 최대 미흐가 2000 증가함.

—포식자의 위압 6단계

—마검을 던져 다켈을 소환할 수 있음. 한 번 소
환 시 미흐 300 소모.

지금은 전설 등급의 칭호인 마검 다켈의 주인을 장착 중
이었다.

새로운 칭호인 마궁의 지배자에 비하면 허접한 수준이지
만, 한 가지 아쉬운 점은 칭호를 바꾸게 되면 더 이상 마검
을 던져 다켈을 소환할 수 없게 된다는 것.

게다가 한 손 검 전술의 위력 상승 효과도 사라진다.

'자주 소환하지도 않으니 상관없잖아.'

다켈을 꼭 소환하고 싶으면 그때는 잠시 칭호를 바꿔 장
착하면 될 것이다.

그리고 한 손 검 전술의 위력 상승 효과가 사라진 만큼
더 수련을 해서 단계를 올리면 되는 일이었다. 새로운 칭호
는 전술의 숙련도 상승 속도가 빨라진다고 했으니 말이다.

결심을 굳힌 로이스는 곧바로 외쳤다.

"칭호를 마궁의 지배자로 바꾸겠다!"

그러자.

[칭호 마궁의 지배자가 장착되었습니다.]

[이후 당신의 모든 전술의 숙련도 상승 속도가 대폭 증가합니다.]

[당신의 휘하 권속 중 마족 란델의 전투력 및 성장 속도가 대폭 상승합니다.]

[당신의 최대 맷집이 10000 증가합니다.]

[당신의 최대 미흐가 10000 증가합니다.]

[당신은 포식자의 위압 7단계를 각성했습니다. 이는 당신이 분노하면 발동되며, 그때는 대부분의 마왕들도 당신에게 두려움을 느낄 것입니다. 단, 마계 및 암흑 결계에서만 발동 가능하며 그 밖의 장소에서는 포식자의 위압 6단계가 발동됩니다.]

[이후 마궁과 이계를 자유롭게 오갈 수 있는 다크 포탈을 생성할 수 있습니다.]

* 다크 포탈

─원하는 장소에 포탈을 생성하여 마궁과 이계를 자유롭게 오갈 수 있음. 이동 가능 인원에 따라

개인, 소형, 중형, 대형, 초대형이 있음.

　—개인 다요 포탈(1) 미흐 소모 없음. 본인만 이동 가능.

　—소형 다요 포탈(20) 미흐 100 소모.

　—중형 다요 포탈(200) 미흐 500 소모.

　—대형 다요 포탈(2000) 미흐 2000 소모.

　—초대형 다요 포탈(2만) 미흐 8000 소모.

　—왕복 포탈은 2배의 미흐가 소모됨.

이름 [로이스]

레벨 [상급 16]

칭호 [마궁의 지배자]

신분 [미스토스 상급 기사]

맷집 35670/35670 (25670+10000)

미흐 35558/35558 (25558+10000)

"후후!"

로이스는 뿌듯한 표정으로 자신의 상태를 표시하는 글자들을 확인했다.

"역시 신화 등급의 칭호는 뭔가 다르네."

최대 맷집과 최대 미흐가 대폭 상승한 덕분인지 전신에

더욱 활력이 넘쳤다.

더구나 다크 포탈이라는 것을 자유롭게 생성해 로이스 자신뿐 아니라 부하들까지 이동시킬 수 있다는 것이 특이했다.

'근데 저런 포탈들을 자주 쓸 일이 있을지 모르겠군.'

하긴 마궁이 있으면 마물들을 끌어모을 수 있다고 했으니 혹시 또 모를 일이었다.

스스스스.

그때 로이스의 앞에 있던 거대한 흑색의 마궁이 붉은 빛으로 번쩍였다.

[마왕 데세오의 마궁이 새로운 주인을 맞이합니다.]

[마왕 데세오의 죽음으로 그의 권속들이 모두 자유를 얻었습니다.]

[언데드들 또한 자유를 얻어 영면에 들어갑니다.]

[마궁의 이름을 지어 주십시오.]

Chapter 12
초마력대공간진

'마궁의 이름을 지어 달라고?'

로이스는 잠시 고민했다. 군주의 목걸이가 이런 걸 물어보는 건 처음이었으니 당연히 고민될 수밖에 없었다.

'뭐라고 짓지? 아스피스 성처럼 뭔가 그럴듯한 이름 없을까?'

그러나 로이스는 별다른 좋은 이름이 생각나지 않았다.

그러다 문득 방금 전 언데드들이 자유를 얻어 영면에 들었다는 내용이 떠올랐다.

본래 용자나 용자의 기사들이었지만 마왕 데세오에게 패배해 언데드가 되었던 불쌍한 자들.

'그들이 자유롭게 된 것은 정말 다행이야.'

그렇게 만든 건 물론 로이스가 데세오를 패배시켜서다.

그렇지 않았다면 앞으로도 데세오가 살아 있는 한 영원히 그의 노예가 되어 살아야 했을 테니까.

그들의 영혼은 자유를 얻었다. 무한의 대륙 저편 영혼들의 쉼터로 이동해 편안한 휴식을 취하고 있으리라.

그중 첫 번째로 만났던 용자의 이름이 떠올랐다. 대검을 용맹하게 휘두르던 그 용자의 이름은 네페로였다.

'좋아. 그의 이름으로 결정하자.'

곧바로 로이스는 크게 외쳤다. 뭔가 그의 이름을 영원히 기억하고 싶은 까닭이기도 했다.

"마궁의 이름을 네페로로 하겠다."

　[마궁 네페로가 당신을 주인으로 인식합니다.]
　[이후로 네페로는 당신의 뜻대로 마궁을 운영할 것입니다.]

그와 같은 글자들이 나타남과 동시에 알 수 없는 존재가 로이스에게 말을 걸어왔다.

—로드! 이후의 마궁 운영 방침을 정해 주십시오.

"……?!"

로이스는 고개를 갸웃했다. 어디서 나는 소리인 것일까?

거친 남자의 음성이었다. 뭔가 음침하면서도 알 수 없는 신비감이 느껴졌다.

—놀라지 마십시오! 저는 네페로입니다. 로드께서 저의 새로운 주인이 되셨으니 이제부터 저는 로드의 뜻대로 마궁을 운영할 것입니다.

이에 로이스의 두 눈이 휘둥그레 커졌다. 설마?

"마궁 네페로? 너냐?"

말도 안 되는 생각이지만 그래도 혹시나 싶어 물었다.

—그렇습니다, 로드.

"어떻게 마궁이 말을 하는 거지?"

—저는 자아를 가진 마궁입니다. 로드의 권역에 매일 생성되는 마기를 흡수해 마궁을 유지할 수 있습니다.

"그럼 알아서 스스로 마궁을 보수하거나 새로운 건물을 세우거나 할 수 있다는 거군."

—예, 그렇습니다. 잘 아시는군요.

"그 정도야 기본이지."

로이스는 미스토스로 운영되는 용자의 성이나 릴리아나의 꽃밭 등을 보아 왔다. 마궁 또한 그것들과 별다를 바 없는 것이다.

다만 마궁은 미스토스가 아닌 마기로 유지된다는 것이 차이점이었다.

—현재 마궁은 텅 비어 있습니다. 모든 것이 초기화된 상태입니다. 로드께서 원하시면 권역 내의 자유 마족이나 자유 마물들을 불러 모으겠습니다.

권역은 마궁의 지배력이 미치는 영역을 의미한다.

마계는 철저히 약육강식의 법칙이 지배하기에 마왕 데세오의 권역은 자연스레 로이스의 권역이 되었다.

"당연히 불러 모아야지. 지금 자유 마족이 몇 명이나 되는데?"

로이스는 반색했다. 이미 마족 란델을 부하로 만들었던 경험이 있는 터라 새로운 마족 부하를 얻는 것도 전혀 꺼림칙하지 않았다.

─아쉽게도 로드의 권역에 자유 마족은 아무도 없습니다. 마왕 데세오가 패배하자 모두 다른 권역으로 건너갔기 때문입니다.

"그럼 마물은?"

─대략 8천 정도 됩니다. 원하시면 그들을 마궁으로 불러 모으겠습니다. 언제고 로드께서 필요하시면 다크 포탈을 생성시켜 그들을 출전시키십시오.

"그런 것도 가능해?"

─물론입니다, 로드. 다만 마물들을 불러 모으는 데는 시간이 꽤 걸립니다.

로이스는 흡족하게 미소 지었다. 마물들이라 해도 무시할 것이 아니었다. 그 숫자가 무려 8천 마리나 된다면 말이다.

"시간이 걸려도 좋으니 최대한 많은 마물들을 모아라."

—예, 로드. 그럼 저는 로드의 방침에 따라 당분간 마물
들을 끌어모으는 데 주력하겠습니다.

"그렇게 해."
그 말과 함께 로이스는 마궁을 대충 둘러봤다.
날개를 펴고 이동하니 순식간이었다. 상공을 빠른 속도
로 비행할 수 있다는 것은 무척이나 신나는 일이었다.
마궁에는 뭔가 거창해 보이는 건물들이 많았지만 하나같
이 텅 비어 있었다. 심지어 마궁의 창고도 마찬가지였다.
"마궁이 온통 비어 있네."

—로드께서 주인이 되시며 이름을 지어 주시는 순간 저
는 새로 태어난 것이나 다름없습니다. 비록 이 안에 지금은
아무것도 없지만, 앞으로는 로드의 권속들과 식량, 특산물,
각종 광석, 보물들로 점차 채워질 것입니다.

로이스가 따로 신경 쓰지 않아도 마궁 네페로가 알아서
마물들을 끌어 모으고, 각종 식량이나 보물들을 찾아 창고
에 넣어 둔다는 얘기였다.

"그건 내가 아주 좋아하는 방식이군. 난 자질구레한 일에 일일이 신경 쓰는 걸 싫어하거든."

로이스는 흡족한 듯 미소 지었다.

—다만, 간혹 저를 빼앗거나 파괴하기 위해 강적들이 나타날 때가 있습니다.

"강적이라면? 혹시 마왕들이야?"

—예, 대부분 그렇습니다. 마왕들은 보다 많은 마궁들을 확보해 권역을 확장하려고 혈안이 되어 있기 때문입니다. 그때는 로드께서 직접 그들을 격퇴해 주셔야 합니다.

"염려 마. 그런 일은 내가 전문이니까."

로이스는 그것이야말로 바라던 바였다.

'이 마궁만 있으면 알아서 마왕들이 찾아온다는 얘기군.'

마치 낚시에서 물고기가 미끼를 물듯 기다리고 있으면 언젠가 마왕이 나타나 시비를 건다?

'제발 좀 자주 그래 줬으면 좋겠구나.'

그렇지 않아도 마왕을 찾아 해치워야 하는 로이스에게는 이곳 마계야말로 일종의 새로운 낚시터나 다름없었다.

마궁은 미끼이고 물고기는 마왕들이라 할 수 있으니까.

"그럼 내가 마계를 떠나 있을 때도 연락할 수 있는 거야?"

─물론입니다. 위급한 상황이 되면 지금처럼 제가 로드께 상황을 전하겠습니다.

"알았어. 그럼 난 이만 이곳을 떠날 테니 알아서 마궁을 잘 운영해라."

─예, 로드.

곧바로 로이스는 다크 포탈을 열었다.

'빨리 호수로 돌아가 그롤 녀석들을 해치워야 해.'

혼자서 이동하면 되는 터라 로이스 전용 다크 포탈이면 충분했다. 이건 미흐의 소모가 없으니 언제든 부담 없이 펼칠 수 있었다.

츠으으읏!

다만 포탈을 여는 데는 시간이 좀 걸렸다.

로이스는 포탈이 완성될 때까지 기다렸다가 곧바로 그 안에 들어갔다.

화아아악!

검붉은 빛의 물결이 출렁이며 로이스를 아득한 공간으로 이동시켰다.

츠으으읏.

피론 호수의 고요한 수면 위에 검붉은 빛이 일렁이더니 작은 포탈이 하나 생성되었다.

동시에 그 안에 붉은 날개를 가진 웬 소년이 나왔다.

물론 그 소년은 로이스였다.

"드디어 돌아왔군."

로이스가 나오자 다크 포탈은 이내 작아지더니 흔적도 없이 사라졌다.

"날개가 있으니 공중에 떠 있는 것도 아주 자연스러운 걸."

로이스는 호수 위 수면을 딛고 서 있는 것이 아니라 그 위에 둥둥 떠 있었다.

다만 마계와 달리 비행 속도는 느려 터지다 못해 답답할 지경이었다.

하지만 그것은 마계에서 워낙 빠른 속도를 내기 때문인 것이지, 이곳에서의 비행 속도가 결코 느린 것은 아니었다.

'후후, 그래도 명색이 마왕의 날개이다 보니 이 정도면 대형 마전함보다 훨씬 빠르긴 하겠군.'

빠른 정도가 아니라 언뜻 봐도 2배 이상의 속도였다.

미흐를 소모한다면 그보다도 빨라질 것이다.

문제는 어디로 가야 하느냐는 것!

아무리 속도가 빨라졌다지만 길눈이 어두운 로이스였다.

사실 사방 어느 쪽을 봐도 오직 망망대해와 같은 호수만 보이니, 설령 길눈이 밝다 해도 이 상황에서는 뾰족한 방법이 없을 것이다.

'미스토스 지도! 소형 마전함을 찾아야겠군.'

로이스는 그제야 퓨리와 라샤가 타고 있던 소형 마전함을 떠올렸다.

'분명 이 근처 호수 아래 그녀들이 있을 거야.'

마계에서 연 다크 포탈은 마계로 가기 전에 위치했던 바로 그 장소로 연결된다.

따라서 이 지점은 로이스가 마계로 소환되기 직전에 있던 장소인 것이다.

'물속으로 들어가 봐야겠어.'

곧바로 날개 장착을 해제해 아공간에 넣은 후 물속으로 잠수한 순간.

"로이스 님! 무사하셨군요!"

근처에서 마치 기다리고 있었다는 듯 소형 마전함이 모습을 드러냈다.

퓨리와 라샤가 몰고 있는 소형 마전함이었다.

"어떻게 됐어? 지금 상황은?"

로이스는 재빨리 소형 마전함에 탑승하며 물었다. 퓨리가 미스토스 지도를 가리키며 대답했다.

"안타깝게도 그롤 군단은 이미 이곳을 지나갔어요."

로이스가 마계에 들어가 데세오와 생사의 결투를 벌이는 사이 이곳에서는 시간이 무려 5일이나 지난 것이었다.

"이런!"

로이스는 낭패의 표정을 지었다. 언데드들과 실랑이를 벌이던 시간이 길게 느껴지긴 했는데 그렇다고 5일이라니!

'그럼 그롤들이 아스피스 성을 공격하고 있겠군.'

미스토스 지도를 보며 상황을 살폈다.

역시나 그롤 군단으로 표시된 붉은 점들이 아스피스 성 근처에 잔뜩 포진해 있었다. 뿐만 아니라 타락한 용자 제라칸의 부대로 표시된 초록색 점들도 그쪽에 잔뜩 모여 있었다.

'한참 전쟁 중인 것이 분명해.'

다행히 아시엘의 아스피스 성은 타락한 용자의 부대와 그롤 군단의 합공을 잘 버텨 내고 있는 듯했다.

아직까지는 말이다.

흥미로운 것은 아이리스의 마전함과 수많은 인어 전사들로 구성된 부대가 아스피스 성을 지원하러 이동 중이라는 것.

지도를 보니 잠시 후면 그들이 그롤 군단의 배후를 공격할 것 같았다.

'후후, 아이리스가 저놈들의 뒤통수를 치러 가는구나.'

대체 아이리스는 어디서 저 많은 인어 부대를 데려왔을까?

그에 대한 의문은 금방 풀렸다. 미스토스 지도의 특성상 한 부분을 뚫어져라 보면 관련 내용이 표시되기 때문이다. 특히 아군이라면 아주 상세했다

[용자 칼리스 소속 미스토스 용병 부대]
—미스토스 머맨 전사 2천 명
—미스토스 머메이드 전사 2천 명

도합 4천 명이나 되는 미스토스 용병 부대!

바로 이것이었다. 아이리스는 칼리스가 고용한 미스토스 용병 부대와 함께 아스피스 성으로 지원을 나간 것이다.

그럼 대체 칼리스는 어떻게 저 많은 미스토스 용병들을 고용할 수 있었을까?

그것은 물론 로이스와 로이스의 부하들이 적들을 격파하며 획득한 미스토스 때문이었다.

특히 로이스가 마계에서 데세오와 싸우는 사이 아이리스 등은 인어국의 군사들과 함께 대규모 마족의 습격을 격퇴

한 터였다.

덕분에 칼리스의 동굴은 거대한 성이 생겨날 만큼 확장되었고, 미스토스 용병들도 대거 고용되었다.

그렇게 칼리스의 동굴이 안정되자 아이리스는 아스피스 성을 돕기 위해 출진했고, 칼리스는 4천의 미스토스 용병 부대를 지원해 준 것이었다.

물론 로이스는 아직 이런 자세한 상황까지 세세하게 다 알지는 못했다. 그래도 자신의 부하들이 아주 훌륭하게 칼리스를 도와줬다는 정도는 간파했다.

'하지만 저 정도로는 어림도 없겠어.'

지도에 나타난 붉은 점들 즉, 그롤 군단의 숫자는 무려 4만으로 표시되었다.

또한 타락한 용자의 부대를 뜻하는 초록 점의 숫자도 대략 2만!

도합 6만의 대군이었다. 이런 상황에서 아스피스 성이 버텨 내고 있는 것이 용하지만, 아이리스 등의 전력만으로 승리를 거두기란 쉽지 않을 것이다.

'나도 이럴 때가 아니야.'

소형 마전함을 타고 가면 전속력으로 달려도 하루 이상의 시간이 걸릴 것이다.

그러나 마왕의 붉은 날개를 펼치고 날아가면 그 몇 배의 속도로 이동할 수 있다.

좌아악!

곧바로 로이스는 소형 마전함 밖으로 나가 수면으로 오른 후 날개를 꺼내 어깨 뒤로 펼쳤다. 그러자 뒤따라 나온 퓨리와 라샤의 두 눈이 휘둥그레 커졌다.

"로이스 님! 그건 설마?"

로이스는 씩 미소 지었다. 퓨리 등의 놀라는 표정을 보자 왠지 뿌듯했다.

"맞아. 마왕의 날개야."

"그럼 마왕을 처치하신 거예요?"

"응. 별것 아닌 녀석이었지."

로이스는 마치 지나가는 리자드맨 하나를 때려잡은 듯이 대수롭지 않은 것처럼 말했다. 퓨리와 라샤는 잠시 어이없다는 듯 로이스를 바라봤지만 이내 환호하며 기뻐했다.

"정말 대단해요!"

"마왕을 이기다니! 정말 멋져요!"

그녀들의 환호에 로이스의 얼굴은 만면이 미소로 물들었다. 이런 반응을 기대하고 말한 것이 사실이었다.

그리고 앞으로도 이런 반응을 보여 줄 이들은 수두룩할 것이다. 릴리아나, 아이리스, 스텔라, 로디아, 루니우스, 그리고 아시엘과 타르파 등등.

그들에게 마왕을 처치했다고 말하면 얼마나 놀랄 것인가? 생각만 해도 흐뭇했다.

따라서 이럴 때가 아니다. 어서 마왕의 붉은 날개를 타고 아스피스 성에 나타나 적들을 물리친 후 이 위대한 소식을 모두에게 알려야 하리라.

"난 이제부터 이 날개로 하늘을 날아 이동할 생각이야."

그러자 라샤가 두 눈을 반짝이며 말했다.

"그럼 저를 로이스 님의 날개에 스며들게 해 주세요."

"날개에 스며들어?"

"그 날개에는 저와 같은 정령들이 스며들 수 있는 공간이 있거든요. 그 안에 있으면 전 미스토스 지도를 통해 로이스 님께 방향을 알려 드릴 수 있어요."

"그거 아주 괜찮은 생각인 걸."

로이스의 안색이 환해졌다. 길눈이 밝은 라샤가 미스토스 지도를 통해 방향까지 알려 주면 로이스는 빠르게 비행하며 어디든 쉽게 찾아갈 수 있을 것이다.

스스스.

곧바로 라샤가 로이스의 날개 안으로 스며들었다.

"퓨리 너도 날개 안에 스며들 수 있어?"

"그럼요. 그 날개 안에는 정령 수백 명도 들어갈 수 있을 걸요."

수백 명의 정령도 들어갈 수 있다니! 그 말에 로이스의 두 눈이 휘둥그레졌다. 하긴 보통의 날개도 아니고 마왕의 날개라면 그럴 법도 했다.

"좋아. 그럼 너도 날개에 타."

"네, 로이스 님."

퓨리도 기쁜 듯 로이스의 날개 안으로 사라졌다.

스스스.

이제 소형 마전함만 남았다.

'이건 아공간에 넣자.'

푸른 와이번 반지와 연결된 아공간 창고는 워낙 넓어 각각의 칸마다 대형 마전함도 얼마든지 집어넣을 수 있을 정도니, 소형 마전함을 넣는 건 아무것도 아니었다.

곧바로 로이스의 아공간 창고 세 번째 칸에 소형 마전함이 입고되었다.

"이제 날아가 볼까?"

로이스가 날개를 펴고 상공으로 날아오르는 순간 그의 시야 한쪽에 미스토스 입체 지도가 펼쳐지듯 나타났다.

—로이스 님, 아스피스 성으로 가시려면 지도의 푸른 방향으로 가세요.

날개 안에 있는 라샤의 음성이었다. 지도에 푸른빛으로 방향이 표시되어 있어 로이스는 그쪽으로 날아가면 되는 것이었다.

"고마워. 그렇게 알려 주니 이동하기 편하구나."

휘이이이—

로이스는 마치 바람과 같은 속도로 아스피스 성을 향해 날아갔다.

*   *   *

한편 아스피스 성은 한창 치열한 전쟁 중이었다.

북쪽 호수를 통해 대규모의 적들이 쳐들어왔기 때문이다.

대략 2만 정도의 리자드맨 부대와 6만의 괴수어 군단!

다행히 총사 타르파는 이전의 집사 때와는 차원이 다른 전략을 구사하며 미스토스 용병들을 지휘했다.

또한 그랜드 마스터 카로드의 활약으로 아스피스 성은 몇 배나 되는 적들을 상대로도 어렵지 않게 잘 버텨 내는 중이었다.

다만, 전쟁이 지속될수록 타르파의 안색은 굳어 갔다. 아시엘이 그런 그의 표정을 보며 물었다.

"뭔가 수심이 있어 보이는군요, 타르파?"

"예. 벌써 삼 일째 수성을 하고 있지만, 정작 적들은 별다른 타격을 입지 않은 상황입니다. 아무래도 이대로라면 전쟁이 길어질지도 모릅니다."

이는 타락한 용자의 진영에 새로 등장한 강력한 검사와 그롤이라 불리는 괴수어 군단을 조종하는 정체 모를 마법사 때문이었다.

그 검사의 전투력은 놀랍게도 용자의 기사 카로드 못지않았다.

그래서 카로드가 한 번씩 나서서 적에게 치명적인 타격을 주려 해도 번번이 그 검사의 방해로 인해 뒤로 물러나야 했다.

또한 곳곳에 포진해 있는 괴수어들로 인해 호수로 돌진했던 아스피스 성의 병사들은 이내 물고기 밥이 되고 말았다.

특히 검은 후드를 눌러쓴 마법사가 마법을 펼치자 성 밖으로 나갔던 미스토스 용병 1백여 명이 일제히 불에 타 버리는 참사가 발생하기도 했다.

그로 인해 현재 아시엘과 타르파는 오직 성안에서 적들의 공격을 방어하는 작전만 펼치고 있는 중이었다.

아시엘은 고개를 끄덕였다.

"타락한 용자의 부하들로 인해 미스토스 방어 결계가 무력화된 상황이라 이대로라면 설사 전쟁에서 승리한다 해도 아스피스 성의 피해가 적지 않을 것 같아요."

그녀는 눈을 빛내며 말을 이었다.

"하지만 중요한 건 우리가 승리하는 것이죠. 끝까지 빈틈을 보이지 말고 성으로 접근하는 적은 반드시 궤멸시켜야 해요."

"물론입니다. 이번 전쟁으로 적지 않은 미스토스가 소모되겠지만, 승리하면 충분히 그 이상의 미스토스가 들어올 것이고, 또한 아시엘 님의 명성이 크게 증가할 것입니다."

"그 말을 들으니 힘이 나는군요."

"하하하하! 제가 반드시 저놈들을 격퇴할 테니 아시엘 님은 잠시 눈을 붙이고 오시지요."

타르파는 자신 있게 외쳤다. 아시엘은 그런 타르파가 믿음직스러운 듯 미소를 지었다.

"모두가 죽을힘을 다해 싸우는데 용자인 내가 어찌 잠을 잘 수 있겠어요? 그보다 확실히 총사가 되니 다르긴 다르군요. 예전이라면 지금쯤 겁을 먹어서 어쩔 줄 몰라 했을 텐데."

"하핫, 저도 이런 제가 신기하네요. 예전보다 머리도 무척 좋아진 것 같습니다."

타르파는 스스로 생각해도 대견한지 흐뭇한 미소를 지었다. 뿔테 안경 안에서 번뜩이는 눈빛도 제법 날카로워 보였다.

그러자 아시엘이 기대 가득한 표정으로 말했다

"머리가 좋아졌다면 혹시 뭔가 기발한 묘책 같은 것을 짜낼 수 없나요? 단번에 저들을 격퇴하거나 궤멸시킬 만한 묘책이 있다면 말해 보세요."

"묘책이요? 그런 건 아직……."

타르파는 어색하게 웃으며 머리를 긁적였다.

뭔가 머리가 이전에 비해 엄청나게 좋아진 것은 맞지만 그렇다고 해서 지금 상황을 단번에 해결할 만한 묘책을 만들어 낼 정도는 아닌 것이다.

그는 시무룩한 표정으로 말했다.

"죄송합니다. 아직 능력이 부족해서……."

"아니에요. 지금처럼만 해 줘도 충분해요. 총사 덕분에 아스피스 성이 저 엄청난 대군을 상대로도 밀리지 않잖아요. 묘책은 내가 따로 마련해 볼게요."

아시엘은 타르파를 위로해 주고는 내성 동쪽으로 다급히 발걸음을 옮겼다.

그곳은 꽃의 요정 릴리아나의 꽃밭이 있는 곳이었다.

'어쩔 수 없어. 이대로라면 병사들과 미스토스 용병들의 희생이 너무 커질 거야.'

릴리아나라면 뭔가 묘책을 주지 않을까 하는 생각에 그녀의 꽃밭을 찾은 것이었다.

"릴리아나 님!"

결계 밖에서 부르자 잠시 후 눈부신 백색 꽃의 요정이 모습을 드러냈다.

"무슨 일이죠, 아시엘 님?"

릴리아나는 무엇 때문인지 매우 들떠 보였고 기분도 좋아 보였다. 그녀의 입가에는 미소가 그치지 않았다.

아시엘은 고개를 갸웃했다.

"뭔가 좋은 일이 있나요?"

"호호, 물론이죠. 로이스 님이 마왕을 처치하셨거든요."

릴리아나는 자랑스러워하는 표정이었다. 아시엘은 깜짝 놀랐다.

"마왕을 처치했다고요? 그게 정말인가요?"

"네. 마왕 데세오가 로이스 님에게 죽임을 당했어요."

릴리아나는 만면에 미소를 가득 지었다. 특히 꽃밭에 있는 그녀의 창고에는 엄청난 돈이 쌓여 있었다. 로이스와 아이리스 등이 몬스터를 처치할 때마다 돈이 들어왔기 때문이다. 특히 마왕을 처치할 때는 한 번에 1천 만 베카가 들어왔다. 꿈에서나 볼 듯한 액수였다. 로이스가 예상한 대로 그녀는 신이 나서 춤을 출 정도였다.

"와아! 정말 대단해요. 마왕을 이기다니요!"

아시엘 또한 뛸 듯이 기뻐했다. 사악한 마왕 하나가 사라졌으니 용자로서 얼마나 신나는 일이겠는가. 특히 로이스가 그 같은 쾌거를 이뤘으니 그 기쁨은 더욱 컸다.

'세상에! 정말로 마왕을 이기셨구나.'

존재하는 모든 마왕을 다 쓸어버리겠다고 자신하던 로이스였다.

그런데 벌써 그 첫발을 내디딘 것이다.

정말로 대견스럽고 자랑스럽기도 했다.

'로이스 님! 이제 시작이란 걸 잘 알아요. 더욱 멋지게 많은 마왕들을 해치워 주세요.'

아시엘은 자신이 왜 릴리아나를 만나러 온 건지도 잊은 채 로이스의 마왕 격퇴 소식에 들떠 있었다.

그러자 릴리아나가 물었다.

"그보다 무슨 일로 저를 찾아오신 거죠?"

"아! 제가 깜빡했네요."

아시엘은 머리를 치며 말했다.

"다름이 아니라 지금 아스피스 성을 공격하고 있는 타락한 용자의 부대와 그롤 군단을 퇴치할 묘책을 구하고 싶어서 찾아왔어요."

그러자 릴리아나가 부드럽게 미소 지었다.

"묘책은 바로 기다리는 거예요. 그럼 저절로 해결된답니다."

"기다리면 해결된다고요?"

아시엘은 고개를 갸웃했다. 이게 무슨 묘책일까?

"억지로 뭔가를 하려고 무리를 한다면 그거야말로 적들의 꼬임에 넘어가는 것이죠. 지금 초조한 건 아시엘 님보다 적들이에요."

"……?"

아시엘이 여전히 고개를 갸웃하자 릴리아나가 돌연 호호 웃었다.

"미안해요. 뭔가 그럴듯해 보일까 싶어 그냥 한번 말해 봤어요. 솔직히 난 전략이나 묘책 같은 것들은 잘 몰라요."

"그렇군요."

아시엘은 시무룩한 표정으로 고개를 끄덕였다. 릴리아나가 미소 지었다.

"하지만 염려 말아요. 지금 마전함이 수천의 지원군과 함께 오고 있거든요. 아마 그들이 도착하면 적들은 제법 타격을 받게 되겠죠."

"그게 정말인가요?"

"하지만 그게 다가 아니에요. 로이스 님도 오고 계세요."

"아, 로이스 님이!"

아시엘의 안색이 환해졌다.

릴리아나의 말이 사실이라면 지금의 묘책은 정말로 그냥

기다리는 것이었다. 방어에 최대한 전념하며 말이다.

마왕까지 처치한 로이스가 나타나는 순간 상황은 종료될 것이다.

그 누가 감히 로이스의 가공할 전투력을 당해 낼 수 있겠는가?

즉, 릴리아나는 진짜 묘책을 말해 준 것이 맞았다.

그런데 그때 릴리아나가 뭔가 고심하는 표정을 지으며 말했다.

"다만 한 번 고비는 있을지 몰라요. 어쩌면 그 전에 저들이 전면적으로 공격을 해 올 수도 있거든요."

"전면적인 공격이요?"

"그롤들을 조종하는 마법사! 그 또한 타락한 용자의 권속이에요. 그자로부터 뭔가 꺼림칙한 느낌이 들어요. 타락한 용자의 하수인답게 미스토스의 기운으로 둘러싸여 있어 그자가 무슨 꿍꿍이를 부리는지는 알 방법이 없군요. 현재로선 외모만 파악했어요."

그 말과 함께 릴리아나는 아시엘에게 하나의 환영을 보여 주었다.

스스스.

흑색의 후드를 눌러쓰고 있는 한 인물의 환영. 그가 후드를 뒤로 넘기자 얼굴이 드러났다. 인자해 보이면서도 뭔가 음침해 보이는, 그런 이질적인 분위기를 동시에 갖고 있는 노인.

"나칸! 나칸이 어찌?"

아시엘은 깜짝 놀랐다. 릴리아나가 고개를 갸웃했다.

"이자를 아나요?"

"네, 틀림없어요. 어딘가로 사라졌다는 사르곤 제국의 대마법사 나칸이에요."

나칸이 갑자기 사라진 후 그의 종적을 쫓기 위해 사르곤 제국은 물론 라키아 대륙 전역에 나칸의 얼굴이 그려진 그림이 유포되었다.

심지어 아스피스 성의 도시 루파인 중심가에도 나칸의 현상금이 적힌 수배 전단이 곳곳에 부착되어 있을 정도였다.

따라서 릴리아나만 모르고 있을 뿐 아스피스 성에서 나칸의 얼굴을 모르는 이는 아무도 없을 것이다.

아시엘은 다급히 물었다.

"설마 나칸이 타락한 용자 제라칸의 하수인이 되었다는 뜻인가요?"

"이 환영의 인물이 나칸이 틀림없다면 그럴 거예요. 사실상 적들은 이자의 지시에 의해 움직이고 있어요."

릴리아나는 고개를 끄덕이며 대답했다. 그러자 아시엘의 표정이 굳었다.

'나칸! 용케 도주했다 하더니 결국 타락한 용자의 하수인이 되었느냐?'

이전부터 나칸은 아시엘이 용자가 되지 못하게 집요하게 방해했다. 루파인 왕국을 무너뜨린 것도 바로 나칸이었다.

그런데 결국 다시 나타나 또 아시엘을 공격하고 있었다.

'널 없애지 못한 것이 한이었는데 이렇게 다시 만나다니! 반드시 널 죽여 주마, 나칸!'

이는 아시엘에게는 운명과 같은 대적이었다. 나칸을 없애지 않는다면 앞으로도 아스피스 성은 계속 위협을 받게 될 것이다.

'이럴 때가 아니야. 그자가 어떤 식으로든 공격을 해 올 테니 대비를 해야 해.'

아시엘은 다급히 총사 타르파가 있는 중앙 망루 쪽으로 이동했다.

바로 그때 나칸은 그롤족의 수장인 매브왕 갈루드의 등 위에서 의미심장한 미소를 짓고 있었다.

'어리석은 아시엘! 네년은 지금 용케 잘 막고 있다고 생각하고 있겠지. 그러나 내가 왜 지금껏 잠자코 있었는지는 꿈에도 모를 것이다.'

나칸은 고개를 돌려 말했다.

"마크!"

"예, 스승님."

"초마력대공간진은 어찌 되었느냐?"

"흐흐흐, 모두 완성되었습니다. 이제 스승님께서 발동에
성공하시면 아스피스 성은 초마력대공간진에 갇히게 됩니
다."

마크는 득의의 미소를 흘리며 대답했다. 그러자 나칸 역
시 회심의 미소를 지었다.

"수고했다. 이제 아시엘에게 빚을 받아 낼 수 있겠구나."

"물론이옵니다. 아스피스 성은 초토화될 것이며 그 안에
있는 이들은 단 한 놈도 살아남을 수 없을 것입니다."

미스토스까지 동원해 펼칠 수 있는 최강의 공간진!

그것이 바로 초마력대공간진이었다.

특히 이는 용자 제라칸이 반드시 제거하거나 함락시키고
자 하는 요새를 대상으로 자주 사용하는 방법이었다.

그것을 그의 기사가 된 나칸이 전수받았고, 미스토스까
지 일부 위임받은 터였다.

다만 이 초마력대공간진은 그 위력이 강력한 만큼 발동
에 한 가지 까다로운 조건이 존재했다.

"아흐 나프 아끄루드……."

곧바로 나칸의 입에서 기괴한 주문이 튀어나왔다.

스스스스. 스스스스스.

그 순간 아스피스 성의 사방이 시커먼 흑색의 안개로 뒤덮여 버렸다. 그야말로 눈 깜짝할 사이에 벌어진 일이었다.

"시작되었다. 이제 성의 총사 놈과 잠시 지략 싸움을 하는 것만 남았군."

나칸이 짤막하게 내뱉었다. 마크가 히죽 웃었다.

"흐흐, 스승님의 뛰어난 지략을 저런 하찮은 용자의 총사 따위가 감당이나 하겠습니까? 분명 얼마 못 버티고 금방 무너져 버릴 것입니다."

"아시엘 휘하에 전략과 병법에 달통한 이가 있다면 총사 대신 나를 다만 몇 수라도 상대할지 모르지. 그럴 가능성은 아주 희박하지만 말이야."

"흐흐, 그럴 가능성은 없습니다. 설령 아이리스 황녀나 로디아가 온다 해도 스승님 앞에서는 어림도 없지 않겠습니까?"

마크의 말에 나칸이 당연하다는 듯 고개를 끄덕였다.

"그들의 움직임이야 내 손바닥 안에 있지. 잠시 후면 그들 또한 초마력대공간진 안에 갇혀 몰살당할 것이다."

"흐흐, 이곳이 죽을 자리인지도 모르고 기를 쓰며 오고 있군요."

"큭! 용케 머맨 왕 칼리스가 살아남았지만 이곳이 무너지면 그곳 또한 무너지는 건 시간문제이지."

나칸은 이미 아이리스가 용자 칼리스의 지원군과 함께 이곳으로 오고 있다는 사실을 알고 있는 터였다.

"크하하하! 이제 나는 어설픈 용자 휘하의 멍청한 총사 놈이 과연 얼마나 버티는지 지켜볼 것이다."

나칸의 두 눈에서 섬뜩한 안광이 뿜어져 나왔다.

그 순간 아스피스 성은 충격에 빠져 있었다.

갑자기 알 수 없는 흑색 안개가 성을 뒤덮어 버렸기 때문이다.

다행히 총사 타르파가 미스토스의 힘으로 일부 안개를 밀어내긴 했지만 그 안개는 여전히 상공에 머물러 있었다.

좌아아아! 좌아아아!

그 검은 안개는 마치 죽음의 물결처럼 요동치고 있었다.

특히나 그 안개를 마치 물처럼 유영하고 있는 수많은 괴수어들의 모습이 모두의 가슴을 철렁하게 만들었다.

이대로 저 안개가 밀려 내려오면 아스피스 성은 괴수어들의 습격에 그대로 노출되고 말 것이다.

아시엘이 깜짝 놀라 물었다.

"이게 대체 무슨 일이죠, 타르파?"

"그, 그게 아무래도……."

타르파의 안색이 하얗게 질려 있었다. 그는 이내 이를 악물고 전방을 노려봤다.

스스스스.

그 순간 그의 앞에 거대한 하나의 푸른색 정육면체 도형이 나타났다.

그 기괴한 정육면체는 각 면마다 19개의 줄들이 수직과 수평으로 일정 간격에 맞춰 그려져 있었다.

그 줄들은 투명한 정육면체의 내부로도 모두 이어진 상태였다.

그 줄들이 교차하는 곳은 붉은 빛이 환하게 번쩍였다.

도합 6,859개의 붉은 빛들이 우주 공간의 별들처럼 반짝이고 있는 모습은 참으로 신비하기 이를 데 없었다.

그런데 그때.

촤악!

그 많은 붉은 빛들 중 19곳에 음침한 흑색 빛 19개가 각각 자리를 잡았다. 그 흑색 빛들이 자리를 잡은 순간 아스피스 성 상공의 검은 안개가 성 가까이로 쑥 내려왔다.

동시에 타르파의 눈앞에 환한 백색의 빛 19개가 생겨났다.

그 순간 타르파는 심장이 쿵 내려앉는 듯했다.

'이건 설마?'

그렇다. 이제 그의 차례였다. 이 빛들을 이용해 남아 있는 6,840개의 붉은 빛들 중 19곳을 지정해 백색 빛들을 위치시켜야 한다.

또한 당연히 그 지점에 위치한 백색 빛들은 지금 보이는 흑색 빛들을 압도할 만한 진세를 갖춰야 한다.

그렇지 않고 엉뚱한 지점에 위치시킬 경우 어떤 일이 벌어질지는 보지 않아도 뻔했다.

흑색 안개가 그대로 내려와 아스피스 성을 뒤덮어 버리고 말 것이다.

'으으! 이것은 미스토스의 힘으로 걸어오는 지략의 승부야. 이걸 막아 내지 못하면 이 성은 끝장이다.'

그렇다고 많은 시간이 주어지는 것도 아니었다.

푸른색 거대 정육면체의 옆에 나타난 모래시계 환영 때문이었다.

저 시계의 모래가 다 떨어져 내리면 타르파가 백색 빛들을 이용해 저 흑색 빛들을 막을 기회조차 사라져 버리는 것이다.

한편 아시엘 역시 그 푸른색의 정육면체를 보고 있었다. 그녀는 타르파가 상황을 설명하지 않아도 지금 무슨 상황인지 간파했다.

"이건 정말 쉽지 않군요."

"염려 마십시오, 아시엘 님. 최선을 다해 보겠습니다."

타르파는 이내 비장한 표정을 지었다. 그는 분명 총사가 되면서 머리가 비상하도록 뛰어나게 변했다. 따라서 웬만큼 머리 좋은 이들과 이 지략의 승부를 벌인다 해도 충분히 이길 수 있었기에 기대할 만했다.

슥. 슥. 슥…….

모래시계의 시간이 거의 다 되어 가는 순간 정육면체를 뚫어져라 쳐다보고 있던 타르파가 바쁘게 손을 움직였다.

앞의 백색 빛을 하나씩 그가 원하는 지점으로 던지면 정육면체에 위치한 붉은 빛들이 백색 빛들로 변했다.

그렇게 붉은 빛들 중 19개가 백색 빛들로 바뀌는 순간.

스스스.

검은 안개가 살짝 위로 밀려났다. 그것을 본 아시엘의 안색이 환해졌다.

"성공이에요! 잘했어요, 타르파. 역시 대단하군요."

"아직은 모릅니다. 이제 상대가 어떻게 나오는지 두고 봐야 합니다."

타르파는 긴장한 기색이었다.

그런데 그때였다.

번쩍! 번쩍! 번쩍…….

새롭게 19개의 흑색 빛들이 번쩍이며 붉은 빛들을 대체했다.

타르파는 침착하게 다시 백색 빛들로 맞섰다.

그렇게 타르파가 네 번째로 대응한 순간.

스스스스스스.

갑자기 아스피스 성의 제2 외성 전체로 검은 안개가 쏟아져 내렸다.

"아앗!"

"이, 이런!"

아시엘과 타르파가 놀라는 순간 제2 외성은 아비규환의 전쟁터로 변했다. 상공에서 새처럼 날아드는 괴수어들과 리자드맨들에게 미스토스 용병들이 일방적으로 당하고 있었던 것이다.

"퇴각! 모두 퇴각하세요!"

"모두 제1 외성으로 퇴각하라!"

아시엘은 다급히 용병등과 병사들을 퇴각시켰다. 그녀는 이 순간 정신이 아득해졌다. 제2 외성이 한순간에 무너져 버릴 줄이야.

그러나 이제 더욱 정신을 바짝 차리지 않으면 안 된다.

제2 외성은 대부분 병영들과 훈련소로 이루어진 곳이지만, 제1 외성은 도시 루파인이 있는 곳이다. 그곳엔 루파인 왕국의 시민 1만여 명이 살고 있다.

그들을 지켜 주겠다고 용자의 성으로 데려왔는데, 오히

려 더욱 위험한 지경에 처하게 만들 수는 없는 일.

"타르파! 힘을 내요. 어떻게든 로이스 님이 오실 때까지 버텨야 해요."

"최선을 다해 보겠지만 저로서는 역부족입니다."

얼마나 무리했는지 타르파의 코에서 피가 주룩 쏟아져 나왔다. 아시엘이 재빨리 미스토스의 힘으로 그를 치료해 줬지만 타르파는 심력을 너무 소모한 터라 여전히 안색이 창백했다.

"힘을 내야 해요. 이렇게 나칸에게 질 수는 없어요."

"도무지 어떻게 대응해야 할지 모르겠습니다. 적의 지략이 너무 높아 저의 능력으로는 한계입니다……."

타르파는 급기야 입에서 피를 울컥 쏟으며 비틀거렸다.

〈다음 권에 계속〉